# 超越者となったおっさんは
# マイペースに異世界を散策する4

A L P H A L I G H T

神尾優
Kamio Yu

JN055842

アルファライト文庫

ニーア
明るく活発な、
ぼくっ娘《こ》妖精。
邪妖精とは一緒に
しないで欲しい。
バーラット
SSランク冒険者。
隙《すき》あらば酒に
手を出す、困った
おっさん。
レミー
隣国《りんごく》出身の
Dランク冒険者で、
隠密《おんみつ》行動に
長《た》けた忍者。
ヒイロ
神様から
最強スキルを貰《もら》い、
異世界を旅する
42歳のおっさん。
ネイ
本名、橘翔《たちばなしょう》子《こ》。
ヒイロと同時に
召喚《しょうかん》された勇者の
うちの一人。

主な登場人物
ソルディアス
ホクトーリク
王国の王太子。
バーラットとは
旧知の間柄。
テスネスト
レクリアスの治療《ちりょう》を
担当する、
回復系魔法に特化した
宮廷魔導師。
レクリアス
呪術のせいで長く
臥《ふ》せっている、
ソルディアス王太子
の愛娘《まなむすめ》。

# 第1話　親睦会《しんぼくかい》……？

ある日突然、若者限定の筈《はず》の勇者召喚《しょうかん》に選ばれた冴《さ》えないおっさん、山田博《やまだひろし》四十二歳。

神様から【超越者《ちょうえつしゃ》】【全魔法創造《ぜんまほうそうぞう》】【一撃必殺《いちげきひっさつ》】という三つのチートスキルを与えられた彼は、ヒイロと名を改めて、異世界を旅することとなった。

妖精《ようせい》のニーア、SSランク冒険者のバーラット、そして忍者のレミーと共に行動していた彼は、最強種と名高いエンペラーレイクサーペントの牙を王族に提供したために、王都に呼び出される。

道中で港街キワイルに立ち寄った一行は、街周辺の瘴気《しょうき》の調査と原因の排除《はいじょ》を、教会の司祭シルフィーに依頼された。そして司祭に同行していた日本出身の勇者ネイと協力し、無事に依頼を達成したのだが、ヒイロの生み出した新魔法が派手《はで》すぎて、街ではちょっとした騒《さわ》ぎが起きてしまう。

騒ぎの原因だと特定されては厄介《やっかい》だと考えたヒイロ達は、勇者ネイを仲間に迎《むか》え入れると、慌《あわ》てて街を飛び出して王都を目指すのだった。

キワイルの街を逃げるように出発して五日が経《た》った頃、ヒイロ達はクシマフ領と王都直《おうとちょっ》轄領《かつりょう》との領境《りょうきょう》を越《こ》えた辺りで野営を行なっていた。

「ここまで順調に進んでいますよね。この調子だと王都まで後どのくらいかかるんですか？」

洗った米の上に白身魚の切り身を載《の》せ、海藻《かいそう》で取った出汁《だし》と醤油《しょうゆ》を入れた土鍋《どなべ》を火にかけながら尋《たず》ねるヒイロ。それに対してテーブル席に座ってフルーツから作った食前酒を楽しんでいたバーラットが呑気《のんき》に答える。

「このまま順調に行けば三日から四日ってところだな。まぁ、このルートの一番の難所《なんしょ》だった瘴気の周辺は越えられたから、この先はおおむね予定通りに行けるだろ」

日が西の山に差し掛かり、赤い日差しに辺りが染《そ》まる穏《おだ》やかな夕暮れ時。

心地《ここち》好い風に短い草花がなびく原っぱ、その中にポツンと置かれた場違いな丸テーブルは、ヒイロが時空間収納から出した物だ。

う〜ん平和です。などと思いながらヒイロが隣《となり》を見ると、道中の山道で採《と》ったキノコ類を七輪《しちりん》で焼くレミーの姿があった。

おかずも着々と出来上がりつつあり、後はご飯が炊《た》き上《あ》がるのを待つばかり。ヒイロは立ち上がると、少し離《はな》れたところで一人こちらに背を向けて、顎《あご》に手を当てて何かを考えている様子のネイへと近寄っていった。

「どうしたんです、ネイさん？」

「あっ、ヒイロさん」

背後から声をかけられたネイは、考え事を中断して振り返る。

「キワイルの街を出る時に、ギルドリングに表記される名前を変えられるかもしれないってヒイロさんが言ってたじゃないですか。だから、どんな名前がいいか考えてたんです」

「何かいい名前は浮かびましたか？」

ヒイロに問われ、ネイは再び思考の世界へと足を踏《ふ》み入れた。

「う〜ん、本名は橘翔子《たちばなしょうこ》なんで、それに近い名前の方が愛着が湧《わ》くと思うんですけど……ヒイロさんはどうやって今の名前を決めたんです？」

いい名前が思いつかず、参考までにと聞くネイ。

「私ですか？　私はゲームなどで使っていた名前が咄嗟《とっさ》に出ましたね」

「へぇ〜、ゲームで使ってた名前ですか」

「ネイさんはゲームではどのような名前を使ってたんですか？」

アニメに造詣《ぞうけい》が深い彼女ならば、ゲームをやっていてもおかしくないだろうというヒイロの質問に、ネイはもう遠い昔のように思えてしまう元の世界のことを思い浮かべる。

「私は、同性ならそのまま、男性ならショウって付けてましたね」

「ショウ……ですか。虫のようなロボットに乗ってた方ですね。確かあの方は妖精的なものと一緒に行動していましたけど……ネイさんも常にニーアを連《つ》れて歩きますか？」

「勘弁《かんべん》してください」

「それ、どういう意味？」

ヒイロのボケに苦笑《にがわら》いで答えるネイの背後に、いつの間にかニーアが浮かんでいた。

突然のニーアの声に「ひゃっ！」と可愛《かわい》い声を上げたネイは、咄嗟にヒイロの横へと飛《と》び退《の》き振り返る。そしてその視線の先で、普段表情豊かなニーアが無表情かつジト目でこちらを睨《にら》んでいることに気付き、浮かべていた苦笑いを引《ひ》き攣《つ》らせた。

「べ……別に、ニーアちゃんを嫌ってるわけじゃないの。ヒイロさんのボケに咄嗟に返した結果と申しましょうか……」

「ふ～ん……」

ネイはしどろもどろに、後半は敬語になるほど混乱しながら、必死に言い訳を捻《ひね》り出《だ》しつつ助けを求めてヒイロへと視線を向ける。その言い訳にニーアは、ホバリングしながら腰に手を当てて、興味なさそうな返事とともに視線をヒイロに移す。

ネイからは哀願《あいがん》されるような、ニーアからは冷ややかな視線を向けられたヒイロは、「ふぅ」と一つ息を吐いた後で微笑《ほほえ》んだ。

「まぁ、そんな感じですよニーア。ネイさんは別に貴女《あなた》を嫌ってるわけじゃありません」

「……そっ、じゃあいいや」

ヒイロの顔をしばらく見つめていたニーアは、素《そ》っ気《け》なく返事してアッサリと引き下がる。

ネイはバーラットの方に飛んでいくニーアを笑顔で手を振りながら見送ってから、懇願《こんがん》するようにヒイロを見た。

「ヒイロさん！　ニーアちゃんは本当に分かってくれたの？　後でちゃんと説明しといてくださいね」

「大丈夫ですよ、ニーアは本当に怒っていればその場で捲《まく》し立《た》てますから。引き下がった時点で、分かってくれたってことです」

「本当〜？」

ヒイロは自分の話を聞いても不安な表情を引っ込めないネイに小さくため息をつきつつ、ニーアへ視線を向けて小さく微笑む。その視線の先には、さっきの不機嫌そうな雰囲気《ふんいき》は何処《どこ》へやら、バーラットと談笑《だんしょう》するニーアの姿があった。

「ニーアは鬱憤《うっぷん》を溜《た》め込《こ》まない性分《しょうぶん》なんですよ。その辺のことで心配している時点で、ネイさんはまだまだパーティに馴染《なじ》んでいないってことですね」

「そんなこと言われても、私はパーティに入ってまだ一週間も経っていないんですよ。皆の心理を理解するには時間が足《た》りませんよ」

（ふむ、確かにそうですよね。でもまぁ、文字通り時間が解決してくれるでしょう）

七輪に載ったキノコから醤油の香ばしい匂いが漂《ただよ》ってくる中、ネイが完全にパーティに溶《と》け込むのを気長に待とうと、ヒイロは静かに微笑んだ。


日がすっかり沈《しず》む頃、ヒイロのライトの魔法を照明代わりにして夕食が始まる。

今日の夕飯は白身魚の炊き込みご飯と、キノコの醤油焼きにキノコの味噌汁《みそしる》。

まずは炊き込みご飯を口に運んだヒイロとネイは、同時に微妙《びみょう》な表情を浮かべた。

「う〜ん、醤油を入れた出汁に漬《つ》け込《こ》んでみたんですが、やっぱり魚臭さが抜けきってませんね。みりんが欲しいところです」

「それにこの魚、全然鯛《たい》っぽくないよ」

「形がそれっぽかったのでもしかしたらとは思ったのですが、さすがに味までは似てませんでしたか」

鯛めしを想像していた為《ため》に期待を裏切られてしまった感のある二人に対し、他の皆は美《お》味《い》しそうに炊き込みご飯を頬張《ほおば》る。

「そんなに不味《まず》いか？　俺には十分に美味しく感じるが」

「ですよね。とても美味しいです」

「んんん、ん〜ん」

バーラットの感想にレミーが賛同し、魚の切り身を口に頬張っているニーアもそれに頷《うなず》く。

「確かに不味くはないんですけど、目指した味には程遠《ほどとお》いというか……」

「な～に贅沢《ぜいたく》言ってんだ。野営でこんだけの飯が食えるだけでありがてぇってもんだ。普通の野営での飯っていったら、硬《かた》いパンと塩のスープが定番だからな」

そう言ってキノコの醤油焼きに齧《かじ》り付《つ》き、美味しそうに酒で流し込むバーラットに、ヒイロは冷ややかな視線を向ける。

「バーラットの場合、そんな食事でもお酒があれば満足してたんじゃないですか？」

ヒイロの返しに、バーラットは「違いない」と豪快《ごうかい》に笑う。そんな二人のやりとりを見て、ネイは少し俯《うつむ》いた。

「ヒイロさんは私がまだパーティに馴染んでないと言ったけど、思ってみればヒイロさん自身、バーラットさんとニーアちゃんは呼び捨てなのに、私はさん付けで呼んでるよね。あれ、すっごい距離《きょり》を感じるんだけど」

声のトーンを下げ、俯いた状態から上目遣《うわめづか》いに睨んでくるネイに対し、ヒイロはかつてのバーラットとニーアとの攻防を思い出して固まる。あの時も似たような状況で粘《ねば》られ、結局さん付けをやめるまでしつこかった。

そして、ネイの隣に座って彼女の発言を聞いていたレミーが、ハッとした様子でヒイロを見やった。

「ネイさん……いえ、あえてネイと呼ばせてもらいます」

「構わないわ。そっちの方が親近感が湧くもんね。それでどうしたのレミー」

「聞いてくださいネイ。ヒイロさんは私と出会って三十日近くになるというのに、まだ私のことをさん付けで呼ぶんですぅ！　もしかして、ヒイロさんは私達のことを仲間とは思ってないのでしょうか」

「何ですって！」

　よよよとネイの肩にしなだれかかるレミー。ネイはそんな彼女の頭を優《やさ》しく撫《な》でつつ、キッとヒイロを睨む。

「何て酷《ひど》い仕打ちをするんですか、ヒイロさん！」

　二人の芝居《しばい》がかった糾弾《きゅうだん》に、ヒイロは頬《ほお》を引き攣らせながら助けを求めてバーラットとニーアの方に視線を向ける。が、二人は我関せずといった様子で、黙々《もくもく》と食事を進めていた。

「バーラット、ニーア……」

「俺はとっくに二人とも呼び捨てだぞ」

「ぼくもそう。前にも言ったけどヒイロのそれ、すっごい他人行儀《たにんぎょうぎ》だから」

　たまらず声をかけたのだが、返ってくるのは冷たい追い討《う》ち。

（四面《しめん》……楚歌《そか》ですか……）

周りに仲間無しと気付き、ヒイロは自分で何とかするしかないとネイ達の方に向き直る。

「これは、口癖《くちぐせ》みたいなものなんですよ……大体、ネイさんとレミーさんだって私をさん付けで呼んでるじゃないですか」

少し拗《す》ねたような口調《くちょう》のヒイロに、ネイとレミーはわざとらしく肩を竦《すく》めてみせる。

「ヒイロさんは年上だから、私達がさん付けするのは当然でしょう。実際、バーラットさんにはそうしてるもの」

「そうです。私達がヒイロさんを呼び捨てにしたら、おかしいじゃないですか」

目上の者には敬称《けいしょう》を使うという正論を持ち出され、ヒイロはぐうの音《ね》も出なくなる。そして仕方なく覚悟を決めてゴクリと喉《のど》を鳴らした。

(この問題を引きずると、後々まで尾を引くのはバーラットとニーアで実証済みですからねぇ……ここは折れてさっさとこの問題から解放されましょう。どうせ、何かのきっかけでもなければ、私はずっとさん付けで呼んでしまうでしょうし)

「ネイ……レミー……これでいいですか」

ヒイロに呼び捨てにされたネイとレミーは満足そうに頷くと、視線を交わしてニッコリと微笑み合う。しかしその脇では、ヒイロ達のやり取りを黙《だま》って見ていたニーアが呆《あき》れたような表情でバーラットに囁《ささや》いていた。

「名前の後の間……」

「そう言ってやるな。腰の低さが骨の髄《ずい》まで染み込んじまってるヒイロの最大限の譲歩《じょうほ》だろうからな。俺達の時みたく、慣れるまで待ってやればいいさ」

突《つ》っ込《こ》みたくてウズウズしているニーアを宥《なだ》めつつ、バーラットはヒイロ達三人の様子を肴《さかな》にニヤつきながらエールを呷《あお》った。

## 第2話　勇者の話と新魔法

ヒイロとネイ、レミーの間に一悶着《ひともんちゃく》あった夜から三日後。一行は順調に旅を続けていた。

「そういえば、ネイは勇者だったよな」

ホクトーリク王国王都センストールまで後もう少しという距離に迫《せま》り、街道《かいどう》を行き交う人も増え始めた頃。バーラットは人が途切《とぎ》れたのを見計《みはか》らって、唐突《とうとつ》にそんな質問をネイにぶつけた。

「えっ！　……あっ、はい。そうですけど……」

ある程度信頼を得られてからと思い、ギリギリまで待ったバーラットの質問は、それでもネイとついでに事情を知るヒイロまでもギクリとさせた。

「ヒイロもそうらしいが、勇者ってのは一体、何人いるんだ？」

「私と一緒に召喚されたのは、私を入れて十人でした。ヒイロさんを含めれば十一人ですね」

「ふむ……十人か……」

ネイが緊張《きんちょう》した面持《おもも》ちで答えると、前を行くバーラットは顎に手を当てて考え込む。

バーラットのそんな様子に、隣を歩くヒイロはドキドキしながら下から覗《のぞ》き込《こ》むように彼の顔を窺《うかが》う。

「……もしかして、国に報告する為の情報収集ですか？」

意を決し、恐る恐るといった感じでヒイロが問いかけると、バーラットは地面に向けていた視線を彼へと移し、意味ありげにニヤリと笑ってみせた。

そのドラゴンすら怯《おび》えさせるような極悪《ごくあく》な笑《え》みに、正面《しょうめん》から見たヒイロと横顔しか見えなかったネイは戦々恐々《せんせんきょうきょう》と顔を引き攣らせる。

二人は『もしかして、バーラットは自分達を国に売るつもりではないのか？』などと思ってしまっていた。それ程までに、彼の笑みは見る者に不安を与えるものだったのだ。

だが、次にバーラットから出た言葉は——

「違う。言い訳の為の情報収集だ」

そんな二人の予想を裏切るものだった。

「言い訳ぇ？」

要《い》らぬ緊張から解放されたヒイロが気の抜けた返事をすると、バーラットは重々しく頷く。

「ああ、エンペラーレイクサーペントの牙の出所《でどころ》は、どうしても国に報告しなければいけない。だから、それの言い訳探しだ」

「ふ〜ん……で、なんかいい嘘《うそ》でも思いついた？」

バーラットのあくどい笑顔に興味をそそられ、ヒイロの頭の上に寝そべっていたニーアが上半身を起こしてそう聞くと、彼は再び顎に手を当てた。

「そうだな……勇者が十人というのは、真実味を持たせるのに実にいい人数だ。エンペラーレイクサーペントは勇者が倒した……そして、ヒイロは偶然《ぐうぜん》その場に居合《いあ》わせて、落ちていた牙を拾ったことにする。どうだ、それらしいだろ」

「それは……なんとも」

国に対して虚偽《きょぎ》の報告を目論《もくろ》んでいるバーラットへ、ヒイロは微妙な表情を浮かべる。

そんな彼にバーラットは問題ないとばかりに、凶悪《きょうあく》に見えるほど口角《こうかく》を上げて見せた。

「最初に勇者が十人いるらしいと言っておいて、その後にエンペラーレイクサーペントは勇者が倒したって報告するんだ。ヒイロも勇者だろ、俺は別に十人の勇者が倒したとは言わん。勇者《ヒイロ》が倒したエンペラーレイクサーペントの素材をヒイロが手に入れたんだ。嘘は言ってねぇんだから問題はないだろ」

「大部分を真実で固めておいて、その中に嘘を一欠片《ひとかけら》混ぜる、あるいは与えたくない情報は口にしない。相手に与える情報を操作《そうさ》する場合の常套手段《じょうとうしゅだん》ですね。お見事ですバーラットさん」

「ホント、バーラットって悪知恵が働くよね。本当に冒険者？　職業偽《いつわ》ってない？」

バーラットの考えたシナリオに、バーラットの後ろを歩くレミーと、ヒイロの頭の上のニーアが楽しそうに賛成した。ニーアの言い様《いよう》などは下手《へた》をすればバカにしているようにも取れるが、バーラットは気にした様子もなくガハハと上機嫌に笑っている。そんな中、ヒイロとネイだけは微妙な顔をしていた。

「私達を匿《かくま》う為の方便《ほうべん》ですから、ありがたく思うべきなんでしょうが……」

「国に対して偽るような真似《まね》をしていいのかな？」

元々小市民のヒイロとネイはそんな大それたシナリオに合わせないといけないのかと思うと、今の時点で緊張してしまっていた。

「別にいいんだよ、嘘は言ってないからな。それで他の勇者達は今、何処にいるんだ？」

「……チュリ国。シコクに封じられていた魔族達が結界の綻《ほころ》びから抜け出し、チュリ国のカマオス領を瞬《またた》く間《ま》に制圧したの。私達は魔族からカマオス領を奪還《だっかん》する為に戦ってたのよ」

「チュリ国……か、遠いな。神の召喚によりホクトーリク王国に降《お》り立った勇者達が、チュリ国に向かう途中でエンペラーレイクサーペントを倒した……不可能ではないが、その道中の足取りが全くないのでは説得力がなくなる可能性があるな」

バーラットとネイのやり取りを聞いていたレミーが、パッと手を挙《あ》げる。

「時間的にはどうなんです？　時間が経っていれば、冒険者のような一団体の足取りなんてなかなか追えるものではないと思いますが」

レミーの提案に、バーラットは再び顎に手を当てて思案する。

「ふむ、エンペラーレイクサーペントの目撃情報は滅多《めった》にないから、いつまで生きていたかは確認のしようがないか。後は、勇者の方だか……ネイ、お前達はいつこの世界に来たんだ？」

「六十日くらい前、かな」

「六十日か……なら、移動距離も計算に入れて九十日くらいにすればいいな。調《しら》べられたらチュリ国に勇者が現れた時期はすぐにバレるだろうから、その辺にしとけば多少は説得力が出るだろう」

「そうですね。それだけ時間が経っていれば、足取りが掴《つか》めなくても怪《あや》しまれないでしょうし」

話が白熱し、ヒイロと入れ替わってバーラットの隣を歩くレミーがそう言うと、同じくヒイロの頭からバーラットの肩へと移ったニーアが疑問を呈《てい》する。

「でも、勇者に直接確認されたら、すぐにバレるんじゃない？」

だが、レミーとバーラットはすぐにその疑問を否定した。

「調べるのはホクトーリク王国の諜報員《ちょうほういん》でしょうから、チュリ国の重要人物である勇者達には直接の接触《せっしょく》はしないと思いますよ」

「ああ、そんなことをすれば、ホクトーリク王国がチュリ国を探っているとバレちまうからな。国に対してマイナスになるような行動を取るバカは諜報員にはいねぇよ」

「ふ～ん。じゃあ、これで王様達を騙《だま》せるんだね」

ニーアは、いたずら好きという妖精の種族特性を遺憾《いかん》なく発揮《はっき》して、楽しげな笑みを浮かべた。それにつられ、情報操作の確実性に手応《てごた》えを感じたバーラットとレミーもニヤニヤと笑みを零《こぼ》す。

そんな三人を、ヒイロとネイは後ろから嘆息《たんそく》しながら見つめていた。と、ひとしきり悦《えつ》に入《い》り満足したバーラットが不意に肩越しに振り返る。

「ところで、勇者の戦闘能力ってのはどんなもんなんだ」

国への説明の理由付けという重荷から解放されたバーラットは、個人の興味からそんな質問をネイにぶつける。彼の唐突な言葉に、ネイは目を見開いて驚《おどろ》いた。

「えっ！　何でそんなことを？　まさか、勇者達との敵対が視野に入ってるの？」

バーラットの本性が酒飲みの『飲んだくれオヤジ』だと知らないネイは、彼のことをパーティの行動指針を示すデキる大人だと思っていた。そのバーラットが勇者の戦力を気にしたことにより、ネイに緊張が走る。

しかし当の本人はというと、笑って手の平を振りながら、軽い調子でネイの心配を否定した。

「違う違う。ただ単に、気になっただけだ。ヒイロみてぇなのが他に十人もいたら、この世界が滅《ほろ》びるんじゃねぇかと思ってな」

バーラットの言葉に全員が納得してしまう中、ただ一人ヒイロだけが慌てて声を荒《あら》げる。

「ちょっと待ってくださいバーラット！　貴方《あなた》は私をそんな風に見てたんですか？」

「なんだ、自覚がなかったのか？」

「あんなにとんでもない攻撃しといて、自分は無害だと思ってた？」

ムッとするヒイロに、バーラットとニーアが反論してゲラゲラと笑う。

ヒイロをからかう空気には混じれないが、バーラット達の言葉を否定できないが故に擁《よう》護《ご》できないネイとレミーは、曖昧《あいまい》な笑みを浮かべたまま三人を生暖《なまあたた》かい目で見守っていた。

一方でムッとした様子のヒイロは、瘴気事件を解決するために海岸に大穴を空《あ》けたルナティック・レイのことを言われたと思い反論する。

「失敬《しっけい》な、アレは不可抗力《ふかこうりょく》ですよ。まさか、あんな威力《いりょく》の攻撃だとは思わなかったんです！」

「アレってどれのこと？　海岸沿《ぞ》いのこと？　Gを殲滅《せんめつ》した時のこと？　それとも、ゴブリンの群《む》れを一人で蹂躙《じゅうりん》した時のことかな？」

ねぇ、ねぇと聞いてくるニーアにヒイロは何も言えなくなり、その様子をバーラットが大口を開けて笑う。

そうこうするうちに再び街道を行き交う人々が現れ始め、妖精が珍《めずら》しいことも相《あい》まって、一行は視線を集める。しかしそんな視線など気にせずに、ヒイロ達はワイワイ騒ぎながらセンストールに向かって歩を進め続けたのだった。


「それで他の勇者達だけど、私を含めてヒイロさんみたいな破壊神はいないかな」

一通りバーラットとニーアがヒイロをからかったところで、人の通りが再びなくなったのを確認したネイが先程の続きを話し始める。その言葉には、ヒイロをからかうようなニュアンスがふんだんに混ざっていた。

それを聞いたヒイロが『ネイさんまで……』とガックシと肩を落としたが、そんな彼に苦笑《くしょう》しつつネイは言葉を続ける。

「だけど、その中で一人、ある少年の持っていたスキルは、他の勇者とは一線を画《かく》してたかな……ヒイロさんには前にちょっと話したよね」

ネイの言葉にヒイロが頷くと、バーラットが興味津々《きょうみしんしん》に聞いてくる。

「ほう……どんなスキルだ？」

「細かい能力は分からないけど、剣を振るったその軌道《きどう》上の物を全て切り裂《さ》いてました」

「見えない斬撃《ざんげき》ってわけか……斬撃を飛ばしているのか、見えない刀身が伸《の》びているのかは分からんが、確かに厄介《やっかい》だな。振るった剣の軌道を見切れれば躱《かわ》すことも可能だろうが、死角からやられたらまず、避《さ》けようがない。受けが使えんというのも怖《こわ》いな」

『全て』というネイの言葉に防具まで含まれると判断したバーラットは、武器や盾《たて》で受けてもそれごと斬《き》られる場面を想像して渋面《じゅうめん》を作る。

「魔法の防壁《ぼうへき》なんかはどうなんですか？　例えば、ニーアちゃんのエアシールドとか」

「う〜ん、魔法を切ってるところは見たことがないなぁ」

レミーに小首を傾《かし》げながら答えつつ、ネイはふと、思い出したかのように未だにしょげているヒイロへと視線を移した。

「そういえばヒイロさんは防御系の魔法は持ってないの？　瘴気の中で妖魔と戦った時は、全部の攻撃を体で受けていたけど」

ネイの疑問に、下を向いていたヒイロが顔を上げる。

「要するにバリア、ですか？　体が異様に頑丈《がんじょう》でしたので必要性を感じていませんでしたけど、なるほど、バリア……バリアですか……」

敵の攻撃を防御壁でカッコよく受け止める。確かに悪くはないと、ヒイロはそんな自分の姿を想像し始めるのだが――

（バリア……あの研究所のようなバリアは……いけません！　パリンと割れてしまいました。他のものにしないと……汎用《はんよう》で人型の決戦兵器のフィールドなら……おおっ！　これも割れてしまいました）

バリアが割れる場面ばかりを想像してしまったヒイロは、すぐに頭の中から想像を振り払ったのだが……

〈【全魔法創造】により、絶対防御壁魔法《ぜったいぼうぎょへきまほう》、グラスバリアを創造します――創造完了しました〉

（ああっ！　それは違うんです。【全魔法創造】さん早とちりです……）

【全魔法創造】のスキルによって魔法が生み出されてしまい、ヒイロは頭を抱《かか》えた。

「どうかしたの、ヒイロさん？」

黙り込んだかと思ったら頭を抱えてガックシと肩を落とすヒイロに、ネイが心配そうに声をかける。するとヒイロはゆっくりと顔を上げ、生気《せいき》のない視線を彼女に向けながら小さく呟《つぶや》いた。

「……グラスバリア」

ヒイロが魔法を発動させると、半透明《はんとうめい》の六角形が組み合わさったドームが、あっという間に彼を包み込んだ。

「わっ！　これってバリア？　もしかして今、作ったの？」

「おいおい、相変《あいか》わらずデタラメだな」

「さすがですヒイロさん。それで、この防御壁はどれくらいの強度があるんですか？」

乾《かわ》いた笑みを張り付かせていたヒイロだったが、最後のレミーの疑問に答えるべく、視線をニーアに向ける。

「ニーア、ちょっとこのバリアを蹴《け》ってもらえます？」

「えっ、ぼく？　大丈夫？　蹴った足が痛くなったりしない？」

「大丈夫ですよ。軽くでいいんで、やってみてください」

「軽くでいいの？　じゃあ、やってみるよ」

ニーアはバーラットの肩から飛び立ち、恐る恐るヒイロのバリアに近付くと、言われた通りに軽く蹴った。するとヒイロを囲っていたバリアは、パリンという小気味よい音とともに、あっさりと割れて消えてしまった。

「……何だ、その防御壁は？」

ニーアのつま先が当たっただけで割れてしまったことにバーラットが呆れかえっている

と、ヒイロが嘆息混じりに説明し始める。

「グラスバリア……どんな攻撃も完全に防いでくれるんですが、見ての通り、一回攻撃が当たると割れてしまうんです」

「たった一回だけの完璧《かんぺき》な防御壁か。また、使いどころの難《むずか》しい魔法を生み出したものだな」

苦笑いを浮かべるバーラットの隣で、ヒイロが何をイメージして魔法を作ったのか気付いたネイが「ああ」と声を上げる。

「何も、あんな壊《こわ》れやすいアレを元に魔法を作らなくても……」

「防御＝《イコール》バリアって考えたら、最初に思い浮かんじゃったんですよね」

完璧な防御を手に入れられなかったヒイロは、再び盛大《せいだい》なため息をつきつつガックリと肩を落としたのだった。

## 第3話　センストール

ホクトーリク王国王都センストール。

小高い丘の上に立つ王城を中心に、貴族や富裕層《ふゆうそう》の住居区域がそれを囲み、更《さら》にその周りを一般の住人達が作った街が囲む。そうしてできた巨大な街センストールは、外周を高さ十メートル程の外壁《がいへき》に囲まれており、堅牢《けんろう》な雰囲気を漂わせていた。

「何だか、息の詰《つ》まりそうな外観《がいかん》ですね」

街に入る為に長蛇《ちょうだ》の列《れつ》の最後尾《さいこうび》に並んだヒイロは、石造《いしづく》りの強固《きょうこ》な外壁を見ながら、そんな感想を述べる。

今まで訪れた街にも柵《さく》や石造りの塀《へい》などはあったが、これ程高い外壁に囲まれた街をヒイロは見たことがなかった。

「まるで要塞都市《ようさいとし》……私達の感覚だと、刑務所を思い浮かべちゃうわよね」

ヒイロの感想にネイが苦笑いを浮かべながら同意を示すと、そんな二人にバーラットは肩を竦めた。

「まあ、仮にも国王が住んでる所だからな、それなりに厳重《げんじゅう》に守る必要もあるさ。もっとも、こうやって壁で囲って人の出入りをチェックしてても、怪しい奴の侵入《しんにゅう》を完全に防ぐことはできんようだがな」

城下町で呪術士が暗躍《あんやく》している――コーリの街で第二王子のフェスから聞いた王都の現状を思いながら、バーラットは街の中心に立つ城へと目を向ける。

バーラットの記憶では白く清潔感《せいけつかん》のあった城だが、今は淡《あわ》いエメラルドグリーンの光に覆《おお》われており、神秘的で荘厳《そうごん》な雰囲気を醸《かも》し出《だ》していた。民に対して威厳《いげん》を保つのに効果的な雰囲気ではあるが、そのエメラルドグリーンの膜《まく》が呪術攻撃への必死の抵抗の表れだと知っているバーラットは、何とも言えない気分になる。

「で、何でお前らはそんな所に並んでいるんだ？」

気を取り直したバーラットが、ヒイロとネイ、レミーを見回してそう聞くと、ヒイロは「ん？」と眉《まゆ》をひそめる。

「何故《なぜ》って、並ばないと街に入れないからじゃないですか」

「いやいや、街に入るなら俺達はこっからじゃないんだよ」

そう言いながらバーラットは、ヒイロの襟首《えりくび》を引っ掴み歩き始めた。

「ちょっ、バーラット……何処に行く気ですか？」

仰向《あおむ》けに踵《かかと》をズリズリと引きずられながらヒイロが尋ねると、バーラットは空《あ》いている方の手で「あっちだ」と進行方向を指し示す。

「……？」

その指し示した先には、センストールの街を囲む外壁が大きな曲線を描《えが》いているだけで、他には何も見えない。彼が何を指し示したのか分からず、ヒイロは引きずられたまま腕を組み小首を傾げた。

すると、二人の後をついてきたレミーが思いついたように口を開く。

「もしかして、違う門から入るんですか？」

「ああ、あの南門は一般の民用の門だからな、並んでるだけで日が暮れちまう。だから、俺達は王族、貴族用の西門から入るんだよ」

「身分で入る場所が違うんですか？」

バーラットの手から逃れ自分の足で歩き始めたヒイロが驚きの声を上げると、バーラットとレミーはそんなことに驚いた彼を逆に驚きの視線で見つめる。

「お前なぁ、王族や貴族が一般の民に交じってアレに並ぶと思っているのか？」

三百人を超《こ》えるかという長蛇の列を、呆れたように指し示すバーラット。ヒイロは律儀《りちぎ》に列に並ぶ王様を想像し、慌ててブンブンと首を振った。

「確かにそれはありえない光景ですね」

「だろ。王都センストールには四つの門があってな、王族や貴族用の西門、一般の旅人や冒険者など用の南門、物資を運んでくる商人用の東門。そして、この街の住人用の北門と、肩書きによって通れる門が違うんだよ」

「あれ？　だったら私達が入るのは、さっきの所で合っているんじゃないの？」

自分達の肩書きは冒険者。だったら南門から入るのが正解なのではないかというネイのもっともな疑問に、バーラットはニヤリと笑ってみせる。

「騎《き》士《し》爵《しゃく》という肩書きを知っているか？」

バーラットの得意げな質問に、ヒイロと彼の頭上のニーア、それにネイも同時に首を左右に振る。しかしレミーだけは頷いた。

「騎士の中でも多大な功績《こうせき》を上げた者に与えられる肩書きですよね。確か、子に継《つ》がせることができない一代限りの貴族としての称号だとか……」

「ああ、その通りだ。その騎士爵という肩書きだがな、贈《おく》られるのは騎士だけじゃないんだ」

「まさか！」

ヒイロの驚きの声に、バーラットは満面の笑みを浮かべる。

「Sランク以上の冒険者でも、国に対して多大な貢献《こうけん》をすれば授与《じゅよ》されるんだよ」

「っていうことは、バーラットさんも貴族ってこと？」

羨望《せんぼう》の眼差《まなざ》しを向けるネイ。しかし一方で、バーラットの自慢げで凶悪な笑みを前に、ニーアとヒイロがブハッと噴《ふ》き出《だ》した。

「アッハハハハハハ……バーラットが貴族ぅ〜？　似合わない！　山賊王《さんぞくおう》とか言われた方がよっぽどしっくりくるよ」

「ククク……ニーア、笑ってはバーラットに悪いですよ。でも……」

頭の上で腹を抱えて大笑いするニーアを、自分は必死に笑いを堪《こら》えて宥めようとするヒイロ。しかしそんな彼も、チラッとバーラットを見て思わず言葉を漏《も》らす。

「バーラット……ククク……一度、『山賊王に俺はなる！』って宣言してもらっていいですか？」

「はぁ？」

「ブッ‼」

ヒイロの悪ふざけで、バーラットは何のことかと顔を顰《しか》めたが、今まで状況についていけずにキョトンとしていたネイが思いっきり噴き出した。

「ヒ……ヒイロさん……その一言は言っちゃいけない一言だよ……ププッ」

「えっ！　ネイまで！　ちょっ、笑ったらバーラットさんに失礼ですよ」

大笑いを続けていたニーアと、必死に口を押さえて笑いを堪えるヒイロとネイ。そんな三人を前にしてレミーがオロオロしながら忠告するが、彼女の背後では、さすがに自分がバカにされていると気付いたバーラットがこめかみに青筋《あおすじ》を浮かべていた。

「騎士爵、バーラット様。確認できました、お通りください」

小一時間程外壁の外側を回ってやっと辿《たど》り着《つ》いた西門で、バーラットはギルドリングを提示する。すると門番をしていた兵士はタブレット型の魔道具でその情報を読み取って、すぐさま畏《かしこ》まったように敬礼《けいれい》した。

「ああ、通らせてもらうぞ」

バーラットが軽く手を上げてアーチ状の門を通り抜けると、ヒイロ達もそれぞれギルドリングのチェックを受けてからそれに続く。

ヒイロとネイ、ニーアの頭頂部には大きなたんこぶができていた。バーラットによる鉄《てっ》拳制裁《けんせいさい》の結果である。

「ふぅ……特に問題なく入れましたね」

「南門を通るよりよっぽど早かっただろ」

たんこぶをさすりながらのヒイロの言葉に返しながら、バーラットは辺りを見回す。

門を抜けた先には落ち葉一つない、清掃《せいそう》が行き届いた石畳《いしだたみ》の広い道が続いていた。

道の左右には、街路樹《がいろじゅ》と魔導式の街灯《がいとう》が並び、更にその外側に見るからに格式高そうな店々が並ぶ。しかし、立派に整備《せいび》された道とそれに見合う店が並んでいるにもかかわらず、人通りはほとんどなく閑散《かんさん》としていて、今までの街で見たような活気はなかった。

「何だか寂《さび》しい所ですね」

王都がどれ程賑《にぎ》やかな所かと楽しみにしていたヒイロが、落胆《らくたん》したように呟く。

「ここには貴族様御用達《ごようたし》の店しかないからな。貴族は基本、店の者を自分の屋敷に呼んで品物を買うから、店に客が来ることはほとんどないんだ。で、俺達にはここにあるような高級な宿には用はねぇから、さっさと活気のある場所に移るぞ」

バーラットはそう言うとスタスタと歩き始めた。

「バーラットさんって、コーリの街ではあんなに立派な屋敷に住んでいるのに、宿は安宿を好むんですよね」

「えっ！　バーラットさん、屋敷に住んでるの？」

バーラットの後に付いて歩き始めながら、彼に聞こえないようにレミーが呟くと、ネイが小声で驚く。その声に、ヒイロとニーアがコクリと頷いた。

「何でも、貴族から騙し取ったらしいよ」

「ニーア、それは盛《も》り過ぎです。安く買い叩いたんですよ」

ヒイロがニーアの話を訂正《ていせい》すると、ネイは目を丸くした。

「どっちにしても、とんでもない話よね」

「コーリの街では武勇伝《ぶゆうでん》になってる話ですからね」

「ハハ……何だかバーラットさんらしいというかなんというか」

レミーに苦笑いでネイが返しているとクルッとバーラットが振り返る。

「お前ら、何をコソコソと話してるんだ？」

「何でもないですよ、バーラット」

背後でヒソヒソと話され、先程のこともあって釘《くぎ》を刺してきたバーラットに、ヒイロ達はハイハイとその足を早めたのだった。

「ほほぅ、こっちは随分《ずいぶん》と活気がありますねぇ」

閑散としていて街としては寂しい印象があった西側と違い、騒音《そうおん》、喧騒《けんそう》、談笑などでうるさいくらいの街中を歩きつつ、こうでなくてはと嬉《うれ》しそうにヒイロは辺りを見回す。

石畳でできた広い道路に魔導式の街灯と街路樹といった街の作りは西側と同じだが、道を行き交う人々の密度《みつど》と道沿いに並ぶ店の活気があちらとは正反対だった。

「うわぁ、賑わってるなぁ。ここの魔法屋だったら、コーリの街より品揃《しなぞろ》えがいいかな？」

「フフフッ、牙を売ったお陰《かげ》で懐《ふところ》は暖《あたた》かいですから、好きな魔法を買えますよニーア」

「「「本当‼」」」

コーリの街と比べても遥《はる》かに賑わっている街並みをヒイロの懐から覗いてテンションを上げるニーア。そんな彼女にヒイロが得意げに答えると、ネイとレミーまで目を輝かせた。

「えっ！　……ええ、大丈夫……大丈夫だと思います……」

女性陣の買い物欲から来る迫力《はくりょく》に、ヒイロは暖かい筈の懐が急に心細く感じて、自身に言い聞かせるように答える。その横では、バーラットが腰に手を当てながらため息をついていた。

「お前らなぁ、すっかり観光気分みてぇだが当初の目的を忘れてないだろうな。まずは宿を取って、それから登城だ。観光はやることをやってからにしてくれ」

「そういえばそうでしたね……って、この辺りで宿を取るんですか？」

「ん？　宿を取らんで、何処に泊まる気だ？」

疑問の意味が分からずバーラットが首を傾げると、ヒイロは不思議そうな表情のまま口を開く。

「バーラットのお父さんはこの街に住んでるんですよね。ですから、てっきりバーラットのご実家にご厄介になるものだと思っていたのですけど」

「ああ、ヒイロには話してたんだったな……実家には泊まらん。というか、泊まりたくない」

心底嫌そうにキッパリと言い切るバーラット。そんな彼を困惑気味に見ていたヒイロの肩口から、不意にネイが耳元に口を寄せる。

「ヒイロさん、察してあげて。バーラットさんはきっと、お父さんとの折り合いが悪いのよ」

「多分そうですよ、ヒイロさん。バーラットさんはあんな性格ですから、きっと勘当《かんどう》されているんです」

反対側の耳元からレミーがそう補足《ほそく》すると、ヒイロの胸元ではニーアが腕を組み「うん、あり得るね」と訳知り顔で頷いていた。

勝手に推測、結論付けされたバーラットの事情に、ヒイロは哀《あわ》れみの視線を彼に向ける。

「バーラット……早くお父さんと和解《わかい》するべきです。実の親子なんですから、真摯《しんし》に話せばきっとお父さんは分かってくれる筈です」

「お前ら……勝手に何を想像した?」

目まで潤《うる》ませたヒイロの見当違いの説得に、バーラットは頬をヒクつかせながら拳《こぶし》を震《ふる》わせて顔の横まで上げた。

すると、街の外での出来事が頭を過《よ》ぎったネイが咄嗟に両手で頭を庇《かば》い、ニーアはヒイロの懐に奥へと潜《もぐ》り込む。加えてヒイロは「20パーセント!」と【超越者】まで発動し、その防御力を高めた。しかし――

「アホか! こんなことで戦闘態勢に入る奴がいるか!」

バーラットが拳をチョキに変えて突いてきた指が、的確にヒイロの目を捉《とら》える。

「おおおおおおっ!」

「防御力をいくら上げようが、弱点を突けばいくらでも攻撃方法はあるんだ。慢心《まんしん》はしないことだな」

両目を押さえ、その場にしゃがみ込んで痛みに震えるヒイロ。それを見下《みお》ろしたバーラットが満足げに吐き捨てると、ヒイロは震えながらコクコクと頷いた。

「さて、バカやってないでさっさと行くぞ」

バーラットが踵《きびす》を返して歩き出す。まだ涙目で視界が覚束《おぼつか》ないヒイロはネイとレミーに両側から腕を組まれてその後を追い、一行はバーラット行きつけの宿へと向かった。

「やっぱり、謁見《えっけん》の間《ま》みたいな所に連れて行かれるんですかねぇ……」

一夜明け、城へと続く坂道を登りながら、ヒイロは嫌そうに嘆息する。

王城へと向かう石畳でできた道は、凹凸《おうとつ》はほとんどないが表面がザラザラしており、馬車がすれ違える程広く坂でも登りやすい。道の左右は芝《しば》が綺麗《きれい》に刈《か》られ見晴らしがよく、坂に沿《そ》うように吹き下ろしてくる風が心地好かった。

正面には薄い緑色の膜に覆われた幻想的な城が見え、振り返った眼下《がんか》には色とりどりの西洋瓦《せいようがわら》が目に美しい街並みが広がる。

快晴ということもあって異世界感満載《まんさい》の素晴らしい風景なのだが、その道を行く一行の心内はどんよりと曇《くも》っていた。

そんな中、ネイがため息混じりに口を開く。

「中央奥の立派な椅子《いす》に王様が座っていて、王様の両脇にはお偉《えら》いさんがずらり。そして衛兵《えいへい》が私達を挟《はさ》むように並ぶ中、膝《ひざ》をついて頭を下げるのかな？　どうしよう……私、そんな所の作法《さほう》なんて知らないわよ」

「私もですぅ。そんな所に連れていかれたら、緊張で失神《しっしん》してしまうかも」

やけに明確な想像をするネイにレミーが同調し、二人して体を寄せ合いながら身を震わせる。

ヒイロがそんな二人を見ながら「分かります」としみじみ頷いていると、バーラットがヒラヒラと手の平を振ってそれを否定した。

「話す内容が内容だからな、そんな公《おおやけ》の会見にはならんよ。精々《せいぜい》、ゲストルームに呼ばれてお偉いさん達と密談《みつだん》ってところだな」

「どちらにしても、お偉いさんは付いてくるんですね」

「当然だろ。なんせエンペラークラスの素材の話をするんだ、陛下《へいか》と王太子殿下《おうたいしでんか》は間違いなく顔を出すだろうさ」

「……この国のツートップじゃないですか。でしたら、厳格《げんかく》な場所じゃなくても緊張の度合いはさほど変わりませんよ」

ヒイロはバーラットの返答にため息をつき、バーラットもできれば顔を合わせたくはないのだろう、渋面を作る。その彼の様子を見て、ヒイロ達はますます肩を落とした。

そんな中、ヒイロの懐にいるニーアは一人お気楽に口を開いた。

「そんなに気にすることないんじゃない？　呼び出したのはあっちなんだから、ぼく達が気負《きお》う必要はないと思うんだけど」

ニーアにとって、人間世界の肩書きなど気にならない。むしろそれよりも、これからその偉い人達を謀《たばか》るのかと思うと楽しみで、自然と笑みが溢《あふ》れてしまっていた。

「ニーア……貴女はこれから私達が行うことを娯楽《ごらく》かなんかと勘違《かんちが》いしていませんか？」

「ん？　違うの？」

懐からヒイロを見上げながら無邪気《むじゃき》に笑うニーアを見下ろし、ヒイロはかぶりを振る。

「違います。これから私達が行うのは、この国の頂点に立つ人達を騙す行為なんです。一つ間違えれば首が飛ぶかもしれないんですよ」

「えー！　それはやだなぁ」

暗い表情のヒイロの口から出た言葉を聞いて、ニーアは口を尖《とが》らせ、ネイとレミーの肩が重石《おもし》が乗っかったようにもう一段下がる。

まるでお通夜《つや》のような雰囲気を漂《ただよ》わせ始めたヒイロ達に、バーラットが再びヒラヒラと手の平を振った。

「さすがに首が飛ぶようなところまではいかんさ。バレた場合は精々、陛下がヒイロに興味を持たれるだけだ」

「うぐぅ！　……それで国に仕《つか》えるように勧誘《かんゆう》されるんですか？」

思わず腰が引けて手で防御姿勢を取るヒイロに、バーラットは軽く肩を竦める。

「それはあるかもしれんが、恐らく強制にはならんよ。陛下は人を力ずくで従《したが》えさせるようなことを嫌う方だからな」

「それはまた、器の大きい王様みたいですが……それでも、お偉い人の申し出を断《ことわ》るのは心苦しいですねぇ」

「なーに、こっちの話を信じさせればいいだけだ。だから、あまり気を落とすな。そういう表情をしていると勘付《かんづ》かれるぞ」

「……そんなこと言われても、腹芸は苦手《にがて》なんですよ」

胃の辺りが痛いような気がしだしたヒイロがみぞおちの辺りをさすっていると、バーラットとニーアが揃《そろ》ってニヤリと笑ってみせる。

「な〜に、そっちは俺がなんとかする」

「そうそう、バーラットとぼくに任《まか》せとけば大丈夫だよ。ヒイロは精一杯《せいいっぱい》、澄《す》ました顔でいてくれればいいから」

「バーラットとニーアのその顔を見ていると、すっっっっごい心配になるんですけどねぇ」

ヒイロは城門を目前にして、バーラットとニーアの見事な悪党顔に、この世界に胃薬はないんでしょうかなどと思いつつため息をついた。

# 第4話　謁見《えっけん》

城門でバーラットが門兵に用件を伝え、数分後。

慌てた様子で現れた燕尾服《えんびふく》をビシッと決めた老執事《ろうしつじ》に連れられ、ヒイロ達は一階奥の部屋へと通されていた。

部屋の大きさは二十畳《じょう》程。チリ一つ落ちていない床は鏡のように磨《みが》かれた大理石で、壁は清潔感のある白一色に統一されている。部屋の真ん中には楕円形《だえんけい》のテーブルが置かれており、それを挟むように五人は座れる高そうなソファが向かい合う形で置かれていた。

ドアを入って右側の壁には暖炉《だんろ》が備《そな》え付けられ、左側には高価そうな風景画が数枚かかっている。正面の壁には、中央にガラスのはめ込まれた大きな両開きの扉があり、その扉の先は半円状のテラスに通じていて、そこから眼下にセンストールの街並みが一望できた。

そんな見るからに格式高い部屋で、バーラットがドッシリとソファの真ん中に座っている一方で、他の面々は自分の居場所を定められずに部屋の中を落ち着かない様子でウロウロしていた。

そして待つこと十数分。

「お前ら、少しは落ち着いたらどうだ？」

「いやいや、こう……周りの物が全部高そうですと、何となく落ち着かなくて……」

バーラットの言葉に、その良さが分からないなりに風景画を眺《なが》めていたヒイロが振り返ると、ネイとレミーがコクコクと無言で頷き同意する。そんな仲間の反応に、「分からんでもないがな」とバーラットが苦笑したところで、突然ドアが開いた。

「バーラットおじ様！」

ノックもなしに開いたドアの向こうから勢いよく部屋に飛び込んできたのは、サラサラの金髪が印象的な、まだ可愛らしさが残る十二、三歳くらいの少年。

「フェス王子」

部屋に入るなり一目散《いちもくさん》に自分の下に駆《か》け寄ってくる少年に、バーラットは立ち上がりながらその名を呼ぶ。

「「王子⁉」」

少年の正体《しょうたい》を知っていたレミーは見た瞬間に身体《からだ》を直立不動に硬直《こうちょく》させていたが、誰だか分からなかったヒイロとネイは、バーラットの言葉を聞いて驚きに目を見開いた。

「ああ、王太子の三男だ」

「……王太子様のお子さん……ということは、王様のお孫《まご》さんですか！」

バーラットの両手を握《にぎ》ってブンブンと上下に振り、再会の嬉しさを表現してくるフェス王子。バーラットが彼を紹介すると、ヒイロとネイは慌てて頭を下げ、天井のシャンデリアに腰掛けて足をブラブラさせていたニーアは「ふーん」と興味なさそうに相槌《あいづち》を打つ。

「あっ、フェスリマス・フォン・セイル・ホクトーリクです」

頭を下げられてようやくヒイロ達の存在に気付いたフェス王子は、軽く挨拶《あいさつ》してからバーラットに視線を向ける。その表情には『どなたですか？』という疑問の色が浮かんでいた。

「俺の冒険者仲間だ」

「ああ、そうでしたか。では、僕のことは気楽にフェスと呼んでください」

バーラットが気を許した仲間だと知ってそう言うフェス王子。だが、ヒイロとネイ、レミーは自己紹介しつつ「滅相《めっそう》もない」と思いっきり恐縮《きょうしゅく》した。

それを見たフェス王子は、信じられないといった面持ちでバーラットに振り返る。

「……バーラットおじ様のお仲間の割には、随分と謙虚《けんきょ》な方々ですね」

「失敬な。俺だって礼が必要な場所では、ちゃんと作法に則《のっと》って行動しているぞ」

「バーラットおじ様の場合、俺は誰にも縛《しば》られないってオーラを頭を下げながらも全身から滲《にじ》み出《だ》しているじゃないですか」

「ふっはっはっ、否定はできんな」

親しげに話すバーラットとフェス王子を見て、ネイがヒイロに近付く。

「なんか、仲がいいわよね。バーラットさんって王族とどんな関係なのかな?」

「私も分からないんですよ。面識《めんしき》があることは知っていたんですが、ここまでフレンドリーに会話する関係だったとは、私も驚いているんです」

「そう、なんだ。でも……」

ヒイロとヒソヒソ話をしながら、ネイはふと違和感《いわかん》に気付いて口に手を当てる。

「フェスリマス王子のバーラットおじ様っていう呼び方、おかしくない？」

「と、いうと？」

「信頼、尊敬《そんけい》している年配の人だとしても、王族が自分より肩書きの低い者を様付けで呼ぶかな？　周りが止めると思うんだよね、王族の沽券《こけん》に関わることだから」

事実、ネイが勇者としてチュリ国にいた時、チュリ国の王族は皆偉そうにしていた。勇者だからといって、彼女からはおいそれと話しかけられなかったことを思い出す。

「王権制度では王族は国の頂点。その威厳を下げるようなことはしない筈なの。でなければ下の者に軽く見られて足を掬《すく》われてしまうから……そうなると、国は荒れてしまう」

「ふむ、王族が舐《な》められれば下の者が緩《ゆる》み、政《まつりごと》も上手《うま》く回らなくなっていく可能性があるということですか……であれば、あの呼び方は二人の時だけに使う愛称《あいしょう》みたいなものでしょうか？」

「フェスリマス王子は、コーリの冒険者ギルドでもバーラットおじ様と呼んでいましたよ。もっとも、聞いていたのは騎士の皆さんとギルド職員だけでしたけど」

二人のヒソヒソ話に加わったレミーがヒイロの推測を否定した。三人はバーラットが何故フェス王子からおじ様なんて似合わない敬称で呼ばれているのか分からず、う～んと唸《うな》り始《はじ》める。

しかしいくら考えても答えが出ず、痺《しび》れを切らしたネイがいっそのこと本人に聞いてみようかと提案したところで、ドアが再び開いた。

「うん？　フェスリマス王子、こちらにおいででしたか」

ドアを開けて現れたのは、近衛騎士団団長《このえきしだんだんちょう》ベルゼルク卿《きょう》。

濃《こ》い青を基調《きちょう》とした服装をしたガタイのいい老紳士《ろうしんし》は、フェス王子を見やりながら、すぐに身を翻《ひるがえ》しドアの脇に立つ。

そして、ベルゼルク卿が開けたドアの向こうから二人の男性が入ってきた。

一人は白髪《はくはつ》と白い立派な口髭《くちひげ》を蓄《たくわ》えた、温和そうな小柄な老人。もう一人は、三十代前半くらいの見た目の、笑みを絶《た》やさない優男風《やさおとこふう》の男。

二人が部屋に入ると、ベルゼルク卿は静かに扉を閉めた。

見るからに貴族らしき格好のベルゼルク卿がドアボーイの真似をするということは、入ってきた二人が偉くないわけがない。そう判断したヒイロ達の間に緊張が走る。

と、その推測が正解であるように、フェス王子とじゃれ合っていたバーラットが姿勢を正《ただ》し恭《うやうや》しく頭を下げたため、ヒイロ達は慌てて彼に倣《なら》う。

「バルディアス陛下、ソルディアス王太子。呼び出しに応じバーラット、参上いたしました」

頭を下げたままのバーラットの言葉に、バルディアス王は「うむ」と軽く頷きながら答え、テーブルを挟んで彼と向かい合うようにソファに腰掛けた。

訪れた一瞬の沈黙《ちんもく》が、ヒイロにはとても長く感じられた。思わずチロっと上目遣いで前を見た彼だったが、まだ頭を下げているバーラットの後ろ姿が見えて慌てて目を伏《ふ》せる。

まるで物理的に重さを感じるような空気感の中、突然それをぶち壊す軽快な声が響《ひび》いた。

「バーラット、型通りの挨拶なんていいよ。私も父も君の忠誠《ちゅうせい》なんか望んでないし、第一その調子じゃあ肩がこっちゃうからね」

軽快な声の主であるソルディアス王太子は笑みを浮かべて、ヒラヒラと手を振りながらバルディアス王の隣に座る。ベルゼルク卿は二人の背後に立ち、フェス王子がその横に並んだ。

「相変わらず軽いな、ソルディアス王太子」

顔を上げたバーラットが鼻で笑いながらソファにドサっと腰掛けると、ヒイロ達がギクシャクした動きでその背後に並ぶ。そんなヒイロ達に、バルディアス王の鋭《するど》い視線が向けられる。

「ん？　そちらの御仁達《ごじんたち》は何者かな？」

「俺の仲間です」

バーラットが口元を緩めながら端的《たんてき》に説明すると、バルディアス王は細めていた目を驚きに見開く。

「ほほう、長く一人で活動していたお主がパーティを組んだのか」

「ええ、成《な》り行きでいつの間にか」

バーラットの返事に、興味深そうにソルディアス王太子が聞く。

「成り行き……ねぇ。足手まといはいらないと頑《かたく》なにパーティを組まなかった君がそばに置いとくんだ、ただの冒険者ではないのだろ。それが一気に三人もかい？」

「四人だよ」

ソルディアス王太子の言葉に、間髪《かんはつ》を容《い》れずに頭上からニーアが突っ込む。突然シャンデリアから降ってきた声に、バルディアス王達は一斉に見上げて、そこに座るニーアを見つけた。

「妖精……か」

バルディアス王が小さく呟くと、ソルディアス王太子が口元を緩めた。

「ははっ、彼女は見るからにただ者ではないねぇ」

「申し訳ありませんバルディアス陛下。アレもパーティの一員なのですが、妖精故に人の礼儀《れいぎ》に疎《うと》いもので」

バーラットがバルディアス王に弁解している間に、ヒイロが慌ててニーアを手招《てまね》きする。

「ニーア！　そんなところから見下ろすなんて失礼ですよ！　早く降りてきてください」

「ん～、分かったよ」

ヒイロに言われて面倒臭そうに彼の肩へと降り立ったニーアは、バルディアス王達に向かってニッと笑って見せる。

　そのニーアの行動に、バルディアス王は怒りもせずににこやかに口を開いた。

「ふふっ、可愛らしい仲間だなバーラット」

「いやはや面目無《めんぼくな》い」

「しばらく見ない間に本当に面白《おもしろ》い面子《めんつ》を揃えたものだね。妖精に、彼女は……トウカルジア国のシノビかな？　それと若い女性の剣士に……」

　順繰《じゅんぐ》りに移していったソルディアス王太子の視線が、ヒイロで止まる。

「えっと……彼は随分と変わった格好だが、冒険者なのかい？」

「ふむ、何となく礼服に似たような服装だが、所々形状が違う……それに、もしかしてそれは虹色蚕《にじいろかいこ》の絹《きぬ》で仕立てた服ではないかな？」

　艶消《つやけ》しを行なっているヒイロの服の素材を見抜いたバルディアス王の言葉に、ヒイロが恐縮しながら頭を下げると、バーラットが代わりに口を開く。

「ええ、この者の服はコーリの西にある魔族の集落で作った物でして」

「ははっ、冒険者が虹色蚕の絹で服を仕立てたのかい？　耐久力も低いってのに、そりゃまた酔狂《すいきょう》な！　やっぱり君の仲間になるだけあってただ者じゃないねぇ」

　やけに楽しげなソルディアス王太子に、バーラットは「ほっとけ」とぶっきらぼうに答えた。

ちょっと波乱《はらん》はあったが会話は進み、萎縮《いしゅく》してカチコチだったヒイロ達の緊張がほぐれてくる。しかし、そのタイミングを見計らったかのように、バルディアス王の目付きが厳《きび》しいものへと変わった。

「さて、挨拶がてらの話はこの辺にして、本題に入ろうか」

突如《とつじょ》、好々爺然《こうこうやぜん》とした雰囲気から威厳ある王の姿へと変貌《へんぼう》したバルディアス王は、鋭い視線でヒイロ達を見回した。

まるでヒイロ達の一挙手一投足《いっきょしゅいっとうそく》まで見逃さないとでも言うようなバルディアス王の視線は、部屋の空気を一瞬で張り詰めさせる。その緊張感を強《し》いられる視線を受けてヒイロがゴクリと生唾《なまつば》を呑《の》み込むと同時に、バルディアス王が本題に入った。

「お主らが用意してくれた水蛇帝《すいじゃてい》――エンペラーレイクサーペントの牙……アレは本物だった」

バルディアス王は、小さな身体に見合わぬ威厳に満ちた雰囲気を発しながら言葉を続ける。

「牙を失った水蛇帝がどれほど怒り狂っているのかと心配になり、すぐに様子を見に行かせたのだが……イナワー湖は穏やかで、エンペラーレイクサーペントの気配は一切《いっさい》感じられない、という報告が返ってきた」

「エンペラーレイクサーペントは今、どんな状況になってるんだい？」

父とは違い、笑みを絶やさないソルディアス王太子が軽い口調でバルディアス王の言葉を引き継いだ。しかしバーラットを見つめるその目だけは、全く笑っていなかった。

普通の人なら射竦《いすく》められてしまうであろう鋭い眼光《がんこう》を発する二人。実際、二人の視線の圧力に、ヒイロ達は身を縮《ちぢ》めてしまっていた。

しかし、バーラットだけは臆《おく》することなく、そんな二人に軽く肩を竦めて不敵《ふてき》な笑みを向ける。

「チュリ国の勇者……というのを知ってますか？」

「勇者？　……いや、知らんな」

「ホクトーリク王国はこの大地の一番北に位置する国だよ。一番南西のチュリ国の情報は入ってきづらいんだよね」

突然別の話題になって二人は若干《じゃっかん》困惑の色を見せたが、それでも勇者というワードに興味を惹《ひ》かれ、バーラットの話を切ることなく返答する。

「今、チュリ国には十人の勇者が現れて滞在《たいざい》しているそうです。そして、エンペラーレイクサーペントは勇者に討たれたらしいんですよ」

「「なっ！」」

前もって準備していたバーラットのセリフに、二人が同時に驚きの声を上げる。

バーラットは計算通りだと内心ほくそ笑みつつ、それでも二人の思考が驚きで鈍《にぶ》っているうちにと、畳《たた》みかけるように言葉を続けた。

「ここにいるヒイロがその現場に居合わせまして、そこで牙を手に入れたのです」

「なんと！　……水蛇帝を討てる程の力を持つ者が現れたというのか……」

バルディアス王が驚きに見開かれた瞳をヒイロへと向けると、ヒイロは頬を引き攣らせながらコクリとぎこちなく頷く。その視線は、そらしてはいけないと思いながらも意に反してそれようとしてしまい、それを必死に堪えようとした結果、見事に泳いでいた。

あまりのお粗末《そまつ》な反応に、肩に座っていたニーアが眉をひそめてヒイロの頬を肘《ひじ》で突《つつ》くが、彼の挙動不審《きょどうふしん》はそんなことでは直らなかった。

「牙を入手した経緯《けいい》はそんな感じです」

見なくてもヒイロの狼狽《ろうばい》っぷりが分かったバーラットは、彼がボロを出さないうちにと、慌てて話を終わらせて二人の視線を自分に戻させる。

「ふむ……話の真偽《しんぎ》の方は、チュリ国の勇者の存在を確認してからになるだろうが、それが事実なら確かに辻褄《つじつま》は合うか……」

「そうですね父上。チュリ国の方は、早急に確認させます」

「うむ、任せたぞ……で、バーラット」

「はい？」

狼狽《うろた》えた様子を一瞬で打ち消し自分に視線を向けてくるバルディアス王に、バーラットは一抹《いちまつ》の不安を覚える。そんな彼の心情を読み取ってか、バルディアス王はニヤリと口角を上げた。

「勇者の存在の確認が取れ次第、牙の存在を知っている他の者達には今の話をしておく……が、実際のところ、真相はどうなっておるんだ？」

「……真相……ですか？」

バーラットの反応をニヤニヤと見つめるバルディアス王に、今度はバーラットが態度には出さないようにしつつも狼狽《うろた》える。

「まさか、今の話を私達が鵜呑《うの》みにするとでも思ったのかい？　だとすれば、私達を舐め過ぎだよバーラット」

バルディアス王と同じくしたり顔でバーラットを見るソルディアス王太子。

「私達はもう何十年も、海千山千《うみせんやません》の貴族や他国の使者達を相手取っているんだよ。付き合いの長い者なら一挙手一投足、表情の微妙な変化でも会話の虚実《きょじつ》くらい見抜ける。君のその稚拙《ちせつ》な説明の仕方で、私達を欺《あざむ》けると思う方がどうかしているよ」

「勇者の話、水蛇帝が討たれたという話は本当のようだな。しかし、言葉が足りなさ過ぎだ。嘘は混ぜないようにという魂胆《こんたん》だろうが、儂等《わしら》を信じ込ませたいならもっと情報量を増やし、教えたくない真実を弾《はじ》くべきだったな」

「それに、後ろの人達は嘘をつけないタイプみたいだしね。ホント、いい仲間をもったね」

ソルディアス王太子に言われてバーラットが咄嗟に振り向くと、ヒイロとネイがあからさまに狼狽《うろた》えていて、レミーなどは我関せずと直立不動に真横を向いている。そして、そんな三人の間をニーアが飛び回りながら「ドシッと構えていなよ！　カマかけられているだけなんだから」と耳元で囁いて回っていた。

あからさまなバレバレの態度に、バーラットは顔を手で覆ってため息をつく。

「フッハハハッ、妖精のお嬢《じょう》ちゃんが一番しっかりしておる。本当に愉快《ゆかい》な仲間達だな」

愉快、愉快とひとしきり笑った後で、バルディアス王は不意に真顔になった。

「バーラット、儂等はお前の敵か？　儂は少なくともそうは思ってはおらんのだがな」

「別に私達は君達の秘密を無理矢理聞き出そうとは思ってないし、それを誰かに話そうとも思わない。だけど、もしものことがあった場合、正確な情報がなければ庇いだてのしようがないのも事実なんだよ」

バルディアス王の言葉を継いだソルディアス王太子の話に、バーラットは眉間《みけん》に皺《しわ》を寄せる。

「その言葉に嘘はないんでしょうが……いかんせん王太子の笑顔を見ると、俺達を擁護《ようご》したいという心積《づ》もり以上に好奇心の方が強いように思えるのですが……俺の勘違いでしょうか？」

「フッハハハッ、ソルディアスよ、バーラットに内心を見抜かれるようではまだまだだな」

「まったくです。笑顔という武器にもっと磨きをかけないといけないですね」

愉快そうに笑うバルディアス王に、いつもの笑顔を崩《くず》さずに答えるソルディアス王太子。

今、顔に貼《は》り付けている一見自然な笑顔が作り物だと言っているようなものだが、バルディアス王はそんなソルディアス王太子に「精進《しょうじん》せい」と激励《げきれい》する。

息子を立派な狸《たぬき》に育てようとしている親に呆れた視線を向けていたバーラットは、疲れたように小さく息を一つ吐くと、親子の背後に立つ二人を見つめる。

「僕はバーラットおじ様が不利になるようなことを公言するつもりはありません」

バーラットの視線に、口止めの意が含まれていることを察したフェス王子が即座に返答する。

「王の命《めい》がない限り、儂が他人の秘め事を他言することはない」

フェス王子に続き、ベルゼルク卿がぶっきらぼうに答える。その態度に、『儂がそんなに軽口《かるくち》に見えるのか？　いちいちそんなこと確認するな』という意思を感じ取り、バーラットは満足して最後に自分の背後へと振り返った。

「バーラットが必要だと思うのなら正直《しょうじき》に話してください。元々、私は騙すような真似は気が向きませんでしたし」

「私もバーラットさんが信用するなら、任せます」

「むぅ……皆の態度がおかしいからすぐにバレちゃったじゃないか。せっかく楽しそうなイベントだったのに……」

ヒイロとネイからの了承《りょうしょう》を得て、バーラットはむくれるニーアを無視して正面へと向き直る。すると、バルディアス王とソルディアス王太子がニヤニヤしながら彼へと視線を向けていた。

「……五分五分くらいの勝算はあると思っていたんですけどね」

「甘い甘い。お前が戦場で研鑽《けんさん》している間に、儂等は政《まつりごと》に従事しておるのだ。そんな儂等を欺けるものか、経験が違うわ」

「ここからは国への報告じゃなくて仲間内の雑談。気軽に話しなよ」

見破《みやぶ》られて開き直ったのか、好奇の眼差しを隠《かく》しもしないバルディアス王とソルディアス王太子に、バーラットは呆れながら口を開いたのだが——

「陛下のご推察《すいさつ》の通り——」

「バーラット……」

そんな彼の出端《でばな》をバルディアス王が挫《くじ》く。

「ソルディアスが言ったであろう、これはあくまで身内の内緒話なのだ。その割に口調が硬いぞ。背後の者達もいつまでも立っていないで座りなさい」

臣下《しんか》の口調で話し始めたバーラットに苦言《くげん》を呈《てい》した後で、バルディアス王はヒイロ達に着席を促《うなが》す。

バルディアス王の気さくな対応にヒイロ達は困惑したが、ニーアはあっさりと「そ～お？」と答えてテーブルの上に行儀悪く足を伸ばして座った。

彼女のあまりな対応にヒイロ達はギョッとしたが、当のバルディアス王が満足そうに「それでいい」と頷くと、勧《すす》められて断るのも失礼だと判断したヒイロを皮切《かわき》りに、探り探りといった感じで全員がソファに座った。

フェス王子も父であるソルディアス王太子の横に座ると、ベルゼルク卿が「歓談《かんだん》するのなら、飲み物でも準備させましょう」とドアを開けて外にいた者に指示を出す。

すぐに、トレーにカップとティーポットを載せたメイド服姿の女性が三人、入室してきた。

メイド達はテーブル中央にクッキーが載った皿を置き、優雅《ゆうが》で無駄のない所作《しょさ》で紅茶を淹《い》れて、それぞれの前に置いていく。

紅茶を配《くば》り終わったメイド達が一礼して退室すると、ベルゼルク卿が王の背後の定位置に立った。

「これで世間話をしやすくなりましたね」

やれやれといった感じで呟いたソルディアス王太子が紅茶に口をつけると、早速ニーアがテトテトと皿に近付いていく。自身の上半身が隠れるようなクッキーを一枚取った彼女は、ヒイロの前まで戻って座り、クッキーに齧り付き始めた。

「皆さんもどうぞ」

ニーアの行動をホッコリしながら見ていたソルディアス王太子に勧められて、ヒイロ達が緊張の連続でカラッカラに乾いた喉を潤《うるお》す為に紅茶に口をつける。そうしてようやく、バーラットがいつもの口調で話し始めた。

# 第5話　まさかの暴露《ばくろ》

「さっき言いかけたが、エンペラーレイクサーペントは既《すで》に倒されている。そして、そんな馬鹿げたことを成《な》し遂《と》げたのは……こいつだ」

少しタメた後で、バーラットは隣にいるヒイロを指差す。

さすがに予想していなかったのか、バーラットの告白にバルディアス王とソルディアス王太子、それにフェス王子とベルゼルク卿までが驚きの視線をヒイロへと向けた。

先程までの緊迫《きんぱく》した空気がなくなって緊張から解放されていたヒイロは、急に皆の視線を一身に受けて目をパチクリさせていた。

バルディアス王とソルディアス王太子の二人に予想外の驚きを与えたことで、少し溜飲《りゅういん》を下げたバーラットは、得意げに笑みを浮かべて話を続ける。

「このヒイロとその隣にいるネイは、神からこの世界に遣《つか》わされた勇者だそうだ」

「……神から……だと？」

バーラットの言葉を噛《か》み締《し》めつつ、バルディアス王が絞《しぼ》り出すように呟いてヒイロとネイを交互に見る。ヒイロとネイがその視線に圧《お》され静かに頷くと、バルディアス王は更に目を見開いた。

「……神から遣わされ、エンペラークラスを単独で倒してしまう……そんな勇者が、チュリ国にはまだ八人もいるというのか！」

「えっ！　……ええっと……」

エンペラークラスを単独撃破《げきは》できるのは勇者の中でも規格外《きかくがい》のヒイロだけだろうし、それ以前にヒイロはチュリ国の勇者ではないので、チュリ国に残っている勇者は九人だ。それをどう説明すべきか迷《まよ》ったネイがバーラットに目配《めくば》せすると、その様子にソルディアス王太子が目ざとく気付いた。

「おや？　まだ何か秘密にしてることでも？」

指摘してくるソルディアス王太子に、バーラットはせっかく会話の主導権《しゅどうけん》を握れていたのにと、こめかみを指で押さえながら嘆息する。

「別に大したことじゃねぇよ。ヒイロはチュリ国の勇者にはカウントされていないいって話だ」

「ほぅ……つまりはヒイロ殿《どの》は何処の国にも認識されていない勇者で、チュリ国には九人の勇者が残っているということですか」

「はい。そして、チュリ国に残っている勇者達は、シコクに封印されていた魔族の脅威《きょうい》を取り除《のぞ》く為に、今現在もあそこで戦っている筈です」

ネイの言葉に、バルディアス王が不審《ふしん》そうに片眉をピクリと動かした。

「シコクに封《ふう》じられていた魔族じゃと？　まさか、あの伝承《でんしょう》は本当だったのか……」

深刻《しんこく》そうに呟くバルディアス王に全員の視線が集まり、困惑気味のソルディアス王太子が代表して口を開いた。

「伝承とは何のことです父上？　私には心当たりが、ないのですが……」

「うむ、儂がホクトーリクの王を継承《けいしょう》した時に先代、つまり父上から聞いた話でな。代々口伝《くでん》により王にのみ言い伝えられてきたらしいのだが――」

そう前置きをしてバルディアス王は話を続ける。

「かつて、大陸中の人族が協力して、シコクに闇の者を封印したらしい。だから、シコクは絶対に手を出してはいけない禁断《きんだん》の地だという話だ」

突拍子《とっぴょうし》もない話を真顔でするバルディアス王に、ソルディアス王太子は苦笑いを浮かべた。息子のそんな態度に、バルディアス王もまた苦笑する。

「シコクは遠い地ゆえに、儂もこの話を聞いた時はお前と同じ顔をしたよ。そんな話をホクトーリク王国で伝承する必要はあるのか、とな……しかしネイ殿の話と合わせると、封印されていた闇の者というのは魔族だということか」

「伝承でハッキリと魔族と伝わっていなかったのはよかったかもしれませんね。歴代《れきだい》の王の中に極端《きょくたん》な考えを持った王がいた場合、我《わ》が国に点在する魔族が根絶《ねだ》やしにされていたかもしれません」

「うむ、その通りだな」

彼等も大事な国民だという認識を持つバルディアス王とソルディアス王太子が互いに頷いていると、ネイがおずおずと手を挙げた。

「あのー……一つ質問なんですがその伝承、他の国でも言い伝えられているんでしょうか？」

「うむ、封印は大陸中の人族で行われたらしいから、可能性はあるな」

「だとすれば、チュリ国の王も知っていたのでしょうか？　そのような話はチュリ国の王からは聞いてなかったのですが……」

「ふむ……それは伝承が途絶《とだ》えてしまったのか、はたまたわざと話さなかったのか……」

ネイの疑問に、ソルディアス王太子は楽しげに顎に手を当てる。そんな息子を横目に、バルディアス王はニヤリと笑った。

「ソルディアスよ、わざと話さなかったとしたら、そこにどんな意図が見える？」

「そうですね、自国を守ってくれている勇者にそのことを話さなかったのは、他ならぬ自分が原因に関与しているからではないでしょうか。たとえば、封印を解《と》いたのが自分達だとか……自分が原因で厄災《やくさい》が起こってしまったら、できる限りその時のことを口にはしたくないでしょうからね」

推測しながら楽しくなってきたのだろう、ソルディアス王太子の口角がわずかに上がる。

「それに、自分の国が魔族の脅威に晒《さら》されているにもかかわらず、他国に応援要請《ようせい》をしていないことも気になります。他の国にも伝承が残っている可能性がある為に、封印が解けた原因を調べられるのを恐れたのではないでしょうか」

「ほほう、闇の者がいると知っていて、チュリ国の王がわざわざ封印を解いたと？」

わざとらしく驚いてみせるバルディアス王に、ソルディアス王太子は肩を竦める。

「ネイさんの話を聞かずに父上から今の話を聞いたら、私でも眉唾物《まゆつばもの》としか思いませんからね。チュリ国の王は闇の者が封じられているなんて話、信じていなかったんじゃないでしょうか」

「闇の者のことを信じていなかったとしても、シコクに封印が施《ほどこ》されていたのは事実。何故チュリ国の王は封印を解いたと思う？」

「自国の領土を広げる為……ですかね。まぁ、直接会ったことがないチュリ国の国王の人となりは分かりませんから、全て仮定の話になってしまいますけど」

「仮定か……確かに確証《かくしょう》が持てない以上、その通りよな。では仮定ついでに、封印を解いてまで領土を欲した野心家であるチュリ国の王が神から勇者を賜《たまわ》って、その後どう動くと思う？」

次々と疑問を投げかけるバルディアス王。ソルディアス王太子は推測に推測を重《かさ》ねて口を開いた。

「そうですねぇ……とりあえずはシコクの魔族をどうにかしたいと思っているでしょうね。それさえどうにかしてしまえば、自分達が封印を解いたという証拠《しょうこ》を隠滅《いんめつ》できるうえに、領土も得られるわけですから。それが済めば……」

そこまで口にして、ソルディアス王太子は上げていた口角を下げ不穏《ふおん》な空気を醸し出す。

「『我が国は神から勇者を授《さず》かった』と大々的に発表するんじゃないでしょうか。勇者の存在が事実である以上、神に選ばれた国だと他の国に対して主導権を握れると考えるでしょうね……仮に勇者が呼ばれた理由がシコクの魔族が解放されたからだとしてもね」

最後は皮肉で締めくくったソルディアス王太子に、自分も同じ考えに至《いた》っていたバルディアス王は上出来だと言わんばかりに満足そうに頷く。そしてすぐに眉間に皺を寄せた。

「もし推測通りなら、チュリ国は自分達の意にそぐわない国を攻《せ》め始めるかもしれん。勇者を前面に出せば、それが神の意志だと押し通せるだろうからな」

「それは……あり得ますね。なんせ憶測《おくそく》にすぎませんが、チュリ国の国王は封印されていた土地すら欲する強欲《ごうよく》ですから……」

心配そうに悩《なや》み始めた二人に、バーラットが呆れながら声をかける。

「あくまで推測の話だろ、そんなんで悩んでどうする」

「仕方あるまい。国を背負《せお》う立場である以上、得た情報から最悪の場合を推測するのは必要なことなのだ」

「これだから王族は……そんな心配はチュリ国の情報を集めた後にしたらどうだ」

「これだからって……自分もその王族の血を引いてるくせによくもまぁ……」

「「「はぁ⁉」」」

ソルディアス王太子の爆弾発言に、ヒイロ達は一斉に驚きの声を上げげた。

「えっ？　……えっ？　えっ？　えぇぇぇ！」

失礼だということも忘れて、バーラットとバルディアス王、ソルディアス王太子を順番に指差すヒイロ。ネイやレミー、ニーアも目を見開いて驚いている。

そんなヒイロ達の様子に、ソルディアス王太子はいつも以上に口角を上げて意地の悪い笑みを浮かべた。

「おや？　もしかしてバーラットは皆さんに自分の出自《しゅつじ》を話していないのか？」

「そんなこと、いちいち話すことでもねぇだろ。どんな生まれでも俺は俺だ」

ソルディアス王太子の言葉に、バーラットが苦虫《にがむし》を噛み潰《つぶ》したような表情で返す。

「おやおや、私や父上と自分の関係を隠したいんですか。私達も嫌われたものです」

「うむ、確かに悲しいことよな」

ソルディアス王太子の悪ノリに乗っかるように、バルディアス王は芝居がかった仕草で悲しげな表情を作ってみせる。

「あのなぁ……」

「ねぇねぇ、バーラットって王族なの？」

バーラットはあまりに分かりやすい行動を取り始めた二人を非難《ひなん》しようとする。ところがそんな彼の言葉を遮《さえぎ》るようにニーアが立ち上がり、バルディアス王達に興味津々の視線を向けた。

それは、ヒイロ達も聞いてみたかったが、王族の二人を前に躊躇《ちゅうちょ》していた質問だった。

しかし、人の肩書きなど全く意に介さないニーアは自分の好奇心を思ったままに王族の二人にぶつける。

ソルディアス王太子はそんなニーアの無邪気な行動を好意的に受け止め、バーラットに向けていた意地の悪い表情とは違う優しい笑みを彼女に向けた。

「そうですよ、ニーアちゃん」

「厳密《げんみつ》に言えば違うだろ。俺の存在は元老院に認められていないんだからな」

王族であるかの認定は、血筋や出生などにより元老院が行う。

勿論《もちろん》、王制のこの国では『この子は間違いなく自分の血を引いている』と王が言い張れば元老院も折れるだろうが、バーラットの意思を尊重《そんちょう》しバルディアス王はそれをしなかった。

「元老院が認めようが認めまいが、君が私の腹違いの弟であることに変わりはないだろう」

「「「はあぁぁぁ!?」」」

ソルディアス王太子の口からサラッと出た言葉に、まさかバーラットが現王の実の息子だとまでは思っていなかったヒイロ、ネイ、レミーの三人が再び驚きの声を上げた。すると、ソルディアス王太子がキョトンとしながらヒイロ達を見る。

「何をそんなに驚いているんですか？　こんな事実、ヒイロさんがエンペラーレイクサーペントを倒したという大それた事実に比べれば、些細《ささい》なことではないですか」

先程聞かされたその事実に素《す》で驚いてしまったことがよっぽど悔《くや》しかったのだろう、ソルディアス王太子はしてやったりといった顔をする。そんな彼の言葉に、ヒイロを除くネイとレミーが「確かに」と納得して頷いていると、バルディアス王は語り始める。

「バーラットの母はSランクの冒険者でな。たまに城に出入りしておったのだが、そこで儂が見初《みそ》めたのだ。異性の外見、雰囲気だけであれだけ引き込まれたのは後にも先にもバーラットの母だけだったな」

「ええっ！　バーラットのお母さんに一目惚《ひとめぼ》れしたの？」

厳《いか》つい面影《おもかげ》はバーラットに似ていなくはないが、小柄なバルディアス王にバーラットとの類似点《るいじてん》はあまりない。結果的にバーラットは母親似なのだろうと思ったニーアは、バーラットを女装させた姿を想像して、さらにそれに惚《ほ》れたというバルディアス王を奇異《きい》な目で見る。

すると、それを察したソルディアス王太子が楽しそうに笑い出した。

「アッハハハッ！　ニーアちゃんは本当に面白いですねぇ、貴女が何を想像したか分かります。ですが、バーラットの母君は精悍《せいかん》で苛烈《かれつ》ながらも美しい方でしたよ。バーラットの無駄にでかい図体《ずうたい》は先代、お爺様《じいさま》からの遺伝ですね」

「……そうでしたか。しかし不躾《ぶしつけ》ですけど、突然王様が一般の女性に入れ込んでお妃様はお怒りにならなかったのですか？」

バーラットの出生の秘密を呆然《ぼうぜん》と聞いていたヒイロがポロリと漏らしてしまった疑問に、バルディアス王は苦笑いをし、ソルディアス王太子はニッコリと微笑む。

「それが、父上は側室は要らないと公言するほどに、王としては色事に乏《とぼ》しい方でして……バーラットの母君の存在を知った私の母――正室は『あの人にそんな甲斐性《かいしょう》があったなんて！』と大層驚き、是非《ぜひ》とも会ってみたいと宮殿に呼んだそうです」

その時の様子を話し始めた息子のことをバルディアス王が恨《うら》めしそうに睨むが、当の本人は意に介さずに楽しそうに話を続ける。

「そこで二人は意気投合《いきとうごう》したみたいで、母は宮殿に上がらないかと勧めたそうですが、バーラットの母君は『私は彼の熱意に惚れただけで、彼の肩書きに惚れたわけではない。それに、自由じゃなくなった私は彼の惚れた私ではなくなるだろうからね』と断ったそうです。母に言わせれば、自由であることをこよなく愛していた人だから、父上への惚れた云々《うんぬん》は断る為の口実だろうって話ですけどね」

バルディアス王は少し赤面しつつ「もう、その話はいいだろう」と仏頂面《ぶっちょうづら》で呟くが、恋話《コイバナ》が好物だったのか、興味津々のネイが更に疑問をぶつける。

「それでバーラットさんが生まれたわけなんですね。でも、バーラットさんが王族として認められなかったのは何故なんです？」

「ああ、それもバーラットの母君の意向でして。その辺のことはバーラットが成人してから本人に決めさせてやってくれと頼《たの》まれたんですよ。バーラットはそれまで母君が一人でコーリの街で育てていましたから」

「それでバーラットさんは王族になることを断ったわけですか」

「はい。元老院の方も、宮殿入りしていない血筋も不確かな女性との子供を、王族として認めるわけにはいかなかったでしょうからね。本人が断った以上、父上もそれを押し通すような真似はしなかったんですよ」

いくら本人の意向とは言え、血筋を理由に見下《みくだ》すような元老院の態度にヒイロは顔をしかめる。一方でレミーはこの世界のそんな考えに慣れているのか平然としており、ニーアは無関心。唯一、ヒイロと同じ感性を持つ筈のネイはというと——不意にププッと噴き出していた。

「……どうしたんですかネイ。急に笑い出して」

ヒイロが突然噴き出したネイに尋ねると、彼女は口元に手を当てながら振り向く。

「……ククッ……だって、バーラットさんがもしかして王子様だったかもしれないと思ったら、白タイツに赤い提灯《ちょうちん》みたいな半ズボンを穿《は》いてる姿が浮かんじゃって……クスクス……」

「……ブッ！」

ネイの要らぬ妄想《もうそう》がイメージできてしまい、ヒイロが盛大に噴き出す。

実際、目の前の王達のように、そんな格好をした王族などこの世界にいないのだが、一度浮かんだイメージが頭から離れない二人は、口を押さえながら必死に笑いを堪える。そんな二人を見て、バーラットが眉をひそめた。

「お前ら……また俺でよからぬことを考えてないか？」

「違うんです……ププッ……これは不可抗力なんです」

顔の横まで上げた拳を震わせるバーラットに、手の平を向けて肩を震わせながら必死に弁解するヒイロとネイ。しかし、その顔はニヤケたまま、結局はバーラットの逆鱗《げきりん》に触《ふ》れた。

「俺で遊ぶんじゃねぇよ！」

ゴッ！　ゴッ！

鉄拳制裁を加えられて、頭を押さえてプルプルと痛みに震えるヒイロとネイから「フンッ！」と視線をそらしたバーラット。彼はそこで、ふと何かを思い出したようにバルディアス王達の方に顔を向けた。

「そういえば元老院で思い出したが、教会からの進言は届いていたか？」

「教会からの進言？　いや、そんな話は知らんぞ。お前はどうだ？」

バーラット達のやり取りを生暖かい目で見ていたバルディアス王だったが、突然身に覚えのない話を振られてソルディアス王太子に確認を取った。しかし――

「いえ、私もそんな話は聞いてませんね」

ソルディアス王太子も知らないとかぶりを振る。

「海岸沿いの瘴気に関する話だった筈なんだが」

「何？　それは本当か！」

　バーラットの話の内容に、バルディアス王の顔が一気に引き締まった。

「瘴気発生の理由が分かり、汚染《おせん》地域が年々拡大していてるって話でな……」

「何だと！　それで、原因は何なのだ！」

　国内で起きている悩みの種についての報告だと知り、詳《くわ》しい話を聞こうと身を乗り出すバルディアス王。しかしバーラットは手の平を向けて押し留《とど》める。

「待て待て、その問題は既に解決しているんだ」

「なにぃ？」

「ああ……」

　訝《いぶか》しむバルディアス王の横で、ソルディアス王太子が何かを思い出したように声を上げた。

「もしかして、瘴気の奥で起きたという謎《なぞ》の爆発ですか？」

「そうだ。アレは教会からの依頼で、俺達が瘴気の発生源を破壊した時のものだ」

「何と！　瘴気発生の原因を破壊したのか」

　驚くバルディアス王にバーラットは重々しく頷く。

「間違いなく破壊したよ。教会から派遣《はけん》されていた司祭の話では、瘴気が完全に無害になるのに二、三十年はかかるらしいが、これ以上瘴気が広がることはない筈だ」

「そう……か」

長年頭を悩ませていた問題が一つ消えたと分かり、バルディアス王はホッとしながら浮かせていた腰をゆっくりと下ろしてソファに座り込む。その隣でソルディアス王太子が楽しげにクックッと笑い声を零した。

「爆発の時期から言って、瘴気の問題を解決したのはここに来る途中ですよね。いやはや、行き掛けの駄賃《だちん》みたいにそんな大事を解決してしまうとは……全くもって末恐ろしい。その調子で山積みになっている問題も解決してほしいものです」

「問題が山積み？　そんなに厄介事があるのか？　呪術の件は、牙を使った魔道具で結界を張って解決したんだろ」

バーラットの疑問に、ソルディアス王太子は笑みを消して渋面を作った。

「それが……城自体への呪術攻撃は防げるようになったけど、今度は街中で攻撃される事例が出始めたんだよ。しかも、狙《ねら》われているのは城で働いている貴族が中心でね」

困ったように深いため息をつき、ソルディアス王太子は話を続ける。

「私達王族は城に隣接《りんせつ》している宮殿に寝泊まりしているから結界の恩恵《おんけい》に与《あずか》っているけど、貴族達は貴族街にある自分の屋敷に戻るからねぇ。そこを狙われるんだよ」

「ピンポイントで貴族がやられているのか？」

バーラットの疑問に、ソルディアス王太子は首を横に振る。

「いや、一般市民も被害にあってるんだけどね。そっちは貴族を狙っているという思惑《おもわく》を隠す為の隠れ蓑《かくみの》だと私は考えている」

「……ほんと、王都はどうなってしまうんでしょうか……呪術が解けている筈のレクリアス姉様は未だに床に臥《ふ》せってますし、街の方では死んだ筈の貴族のご子息が彷徨《さまよ》っているなんて噂《うわさ》もありますし……」

今まで黙っていたフェス王子が暗い顔でそう呟くと、バルディアス王とソルディアス王太子の表情にも曇りが現れる。一方で、バーラットは不審そうに眉をひそめた。

「おい、ちょっと待て、レクリアスが未だに床に臥せっているとはどういうことだ？　呪術が解ければ治《なお》るんじゃなかったのかよ」

バーラットの詰問《きつもん》に、ソルディアス王太子は苦しそうな表情で静かに語り始める。

「レクリアスの治療《ちりょう》を担当している宮廷魔導師は、呪術自体は完全に解けていると言ってるんだ。だけど、レクリアスはうなされ続けている」

「なっ！　そんな時に親であるお前は何をやっているんだ！　こんな席を悠長《ゆうちょう》に設《もう》けて立ち会ってる場合か！」

テーブルをバンッと両手で叩き、腰を浮かせながら怒りを露《あら》わに非難するバーラットに、ソルディアス王太子は何も言い返せない。そんな息子の代わりに、バルディアス王が口を開いた。

「まあ、落ち着けバーラット。仕方ないのだ……水蛇帝の現状、その牙を入手した手段。

公言できるできないを別としても、国としては知っておかなければならない情報だ。ソルディアスは自分の娘の為にそれを投げ打ってしまえる立場ではないのだ」

そこまで言うと、バルディアス王は力なく息を吐く。

「……それに、儂等が側《そば》にいたからといってレクリアスの病状がよくなるわけでもないしな」

「ちっ！　……自分の家族より国やお家の為か……これだから王族や貴族は好きになれねえんだ」

国の安定の為、ひいては国に住む国民を第一にという考え方だと分かっており、名君として必要な要素だとも理解しているバーラット。故にそれ以上のことは何も言えずに、表面上は怒りを収めて再びソファに腰を預ける。

「で、レクリアスは今、どんな病状なんだ？」

「ＭＰを徐々に減《へ》らしながら、毒の状態異常を常に発症《はっしょう》し続けているんだ。ＭＰポーションと解毒薬で回復させても、ＭＰは減り続けるし毒状態もすぐに発症してしまう。そんな状態が既に十日以上続いていて、解毒薬とＭＰポーションの継続《けいぞく》使用のせいでベッドで薬漬けだ……すっかり痩《や》せ細《ほそ》ってしまったよ」

娘の現状に、ソルディアス王太子は何もできない自分を責《せ》めるように奥歯を噛み締める。

一方でバーラットは驚きに目を見開いていた。

「何だそれは……そんな症状、今まで聞いたことがないぞ。それで本当に呪術は解けているのか⁉」

「間違いないよ。宮廷魔導師の中でも回復系に特化した者の診断《しんだん》だよ。パーフェクトヒールが使える程の者の、ね」

「ううむ……」

回復魔法の最高位パーフェクトヒールの使い手の診断と聞いて、バーラットは渋《しぶ》い表情で唸る。

（その道の専門家が下した診断か……まてよ、もしそいつが敵に通じていて嘘をついていたら？　……いやいや、パーフェクトヒールが使える程の者なら国からかなりの待遇《たいぐう》を受けている筈だ。敵に寝返るメリットがあるとは思えんが……う～む、敵が何者か分からん以上、推測することしか……ん？）

何とかレクリアスを救う糸口がないかと考えを巡《めぐ》らせていたバーラットの目に、レクリアス姫の現状を聞いて悲しげな表情をしているヒイロの姿が映った。

「……ヒイロ」

「……はい？」

呟くように自分の名を呼ぶバーラットに応えて、ヒイロが振り向く。

「一回、レクリアスの病状を見てくれんか？」

バーラットの言った言葉の意味がすぐには分からず、ヒイロは一瞬キョトンとする。しかし意味を理解するにつれて目を見開いていった。

「…………はいぃぃぃ!? 何を言ってるんですすバーラット！ 私は医者でも呪術に精通しているわけでもないんですよ！」

意味を完全に理解して慌てふためくヒイロ。しかしバーラットは、そんなことは関係ないと言わんばかりに真顔で彼の肩に手を置いた。

「そんなことは分かっている。だがお前は時々、俺では考えもつかないようなことをしでかすじゃないか。俺の【勘《かん》】がヒイロなら何とかするかもしれんと言ってるんだ。頼むから一回見るだけ見てくれ」

「いやいやいや、また勘ですか？ レクリアス姫様に治ってもらいたい気持ちは私もありますが、ただの怪《け》我《が》ではないんです。専門の方が手の打ちようがないのに私が何とかできるわけがないじゃないですか」

バーラットの言う【勘】がスキルだと知らないヒイロは、自分の使えるパーフェクトヒールで治せるのは怪我だけだとかぶりを振るが、バーラットは真摯な視線で彼の目を見続ける。

「別に、絶対に治せとは言わん！ ただ、一縷《いちる》の望みでもあるのなら、試《ため》すだけ試したいんだ。だから頼む」

普段あまり見せないバーラットの真面目《まじめ》な頼みに、ヒイロは少し折れかける。

「頼むと言われても……第一、何処の馬の骨とも知れぬ私が姫様の病室に立ち入るなど、許されるわけが……」

ヒイロが言い訳がましくバルディアス王とソルディアス王太子の方に視線を向けると、二人は彼に向かって深々と頭を下げていた。

「えっ！　何故に王様と王太子様が私などに頭をお下げになっているんですか⁉」

驚くヒイロに、バルディアス王は頭を下げたまま口を開く。

「バーラットが何に期待しているのか分からないが、バーラットの【勘】がそう感じているのなら望みはある。この通り、お頼みしたい」

「親として私からもお願いします。元々、こちらでは手の打ちようはなくなってしまってるんです。ダメで元々、治らなくても文句は言いません。ですが、少しでも望みがあるというのであればお願いします」

国の頂点たる二人に頭を下げられ、ヒイロがアタフタしながら助けを求めるように視線を戻すと、バーラットはとてもいい笑顔で彼の肩に両手を置く。

「二人もこう言ってるじゃないか。これはもう、冒険者としてのお前に依頼を出しているようなものだ。見るだけ見てくれんか」

咄嗟に助けを求めたバーラットが元々そちら側だと思い出し、ヒイロは小さく息を吐いた。

「……ふぅ、治らなくても落胆しないでくださいね」

「ああ、分かっている」

「ネイ、貴女も付き合ってくださいね」

「ええっ！　私も？」

　突然話を振られて驚くネイに、ヒイロはコクリと頷く。

「当然じゃないですか。バーラット達は私達の持つ知識をご所望《しょもう》のようですから。力を貸してくださいよ」

「うう……分かったわよ」

　自分にできることがあるのならやってみようと覚悟を決めたヒイロと、彼に指名されたネイが立ち上がると、一緒に立ち上がったレミーにバーラットが近付く。

「レミー、済まんが街に出て情報を集めておいてくれんか」

「呪術士の……ですか？」

　耳元で囁くバーラットにレミーが小声で返すと、彼は小さく頷いた。

「目撃者がいるのなら既に王達の耳に届いている筈だが、それは無いようだからな。二人に聞かせる程ではないと現場の人間が判断した情報の中に重要なものがあるかもしれんから、その辺を調べてくれんか」

「分かりました。私専門はそっちですから、偉い人と一緒にいて居心地《いごこち》の悪い思いするより外に出ていた方がよっぽど気が楽です」

清々《すがすが》しい笑顔で了承するレミーに力強く頷くと、バーラットはベルゼルク卿の方に視線を向けた。

「済まんが、こいつだけ街に戻したい」

「……分かった。城門まで案内させよう」

バーラットの申し出に少し考える素振《そぶ》りを見せたベルゼルク卿は一つ頷くと、ドアを開けて外に控《ひか》えていた兵士の一人にレミーの案内を頼んだ。そして自分は王達をエスコートする為にそのまま廊下《ろうか》で待った。

「レミーに何を頼んだんですか？」

「なーに、どうせこの後、王達から頼まれるだろうクエストの事前調査だよ」

バルディアス王とソルディアス王太子、フェス王子に続いて廊下に出たヒイロがレミーの後ろ姿を見ながらバーラットに聞くと、彼は何事も先手《せんて》を打っとかないとなと言いたげに笑う。その胸中には、可愛い姪《めい》を苦しめる犯人への怒りが渦巻《うずま》いていた。

# 第6話　姫様登場

「ヒイロさん、本当に大丈夫なの？」

　廊下に控えていた二人の衛兵を先頭に、王族の三人、ベルゼルク卿と続いてその背後をヒイロ達が歩き始めると、心配そうにネイが呟く。ヒイロは話しかけてきたネイに顔を向け、困り顔で肩を竦めた。

「大丈夫なわけないじゃないですか。私の医学知識なんて、神様が描いた黒衣の医者の受け売りくらいですよ。そのなけなしの知識も、魔法主体のこの世界では通用しなさそうですしね」

「あははは……私もその人によろしくって話くらいね」

　人の命に関わる問題を前に、少しでも緊張をほぐそうするヒイロのボケに、それを察したネイが乾いた笑みを顔に貼り付けながら乗っかる。

　しかし、二人の緊張は一向にほぐれる気配はなかった。一瞬、二人の間に暗い沈黙が訪れると、ヒイロがゆっくりと口を開く。

「なんの罪もない姫様が理不尽《りふじん》に苦しめられているという現状を思えば、助けたい気持ちは山々なんですけどね……私は元の世界では人から期待なんてされたことがないので、期待に応える自信がどうしても持てないんです。それが人の命に関わる重大なこととなると尚更《なおさら》に、ね。本当に私なんかに何ができるのやら」

力なく呟きながら俯くヒイロを、ネイがキッと睨んだ。

「なんかなんて……元の世界ではどうだったか知らないけど、ヒイロさんはこの世界では何でもありじゃない！　自信は実績で身に付けるものだから軽々しく持てとは言えないけど、王様達もダメ元みたいに言ってたんだから、少しは気を楽にしたらいいのよ」

「ダメ元……ですか？」

顔を上げ自分を見るヒイロに、ネイは力強く頷いて言葉を続ける。

「そうよ。大体、私達のパーティの配役を考えたら回復役はヒイロさんじゃない。ヒイロさんができなければ、私達の中では誰にもできないんだから気張《きば》りなさいよ」

「えっ？　……私って僧侶《そうりょ》だったんですか？　私の中では武闘家気分だったんですが……」

「何言ってんのさ。回復魔法なんて貴重《きちょう》なものヒイロしか使えないんだから、回復役はヒイロに決まってるじゃん」

自身を指差して驚くヒイロに、その頭の上で胡座《あぐら》をかいていたニーアが、しっかりしろと言わんばかりにバシバシと彼の頭を叩く。

「えー……どう考えても私には似合わない配役だと思うんですけどね」

ニーアにされるがままにしながら、意外そうな顔をしてみせるヒイロ。そんな二人の様子にネイは口元を綻《ほころ》ばせ会話に加わる。

「モンクって職業もあるけど、ヒイロさんの場合は普通に攻撃魔法も使うからちょっと当てはまらないかな……言うなれば魔法剣士ならぬ魔法拳士っていったところかな」

「魔法拳士……確かに悪くありませんが、響き的に剣士と変わらなくて紛《まぎ》らわしいですね」

軽口をネイに返しながら、ヒイロは少し薄れた緊張感を実感しながら思う。

（いけませんね、年甲斐《としがい》もなく若い二人に愚痴《ぐち》を零して変な気を使わせてしまいました……でも、お陰で少しは気が楽になりましたかね）

責任感から少しは解放されたような気がしたヒイロは、バルディアス王達の期待に応えられるか分からないが、それなりにやれることはやってみようと、気合いを入れるのだった。


レクリアス姫の病床《びょうしょう》がある部屋は、城の裏の宮殿にある。

この宮殿は王族の住居専用で、何の肩書きも持たないヒイロ達は勿論、近衛騎士団団長であるベルゼルク卿ですら、普段は理由なく立ち入れる場所ではない。

バーラットの豪邸《ごうてい》の十倍は床面積があろうかという、三階建ての立派な宮殿。手入れの行き届いた庭園に咲《さ》いている、赤や白、青色が鮮《あざ》やかなバラに似た花が美しい。

その正面玄関へと続く真《ま》っ直《す》ぐに伸びた石畳の道の中程で、ヒイロ達は圧倒されたようにあんぐりと口を開けて宮殿を見上げていた。

「おい、行くぞ」

足を止めたヒイロとネイを振り返ったバーラットが急《せ》かすように声をかけるが、二人の視線は宮殿に釘付《くぎづ》けになってしまっていた。エメラルドグリーンの結界をバックにした神秘的な宮殿は、小市民のヒイロ達にはあまりにも場違いに感じられた。

「え〜と、バーラット……このような所に住んでいる姫君を私に救えと？」

「絶対とは言わない。救えたらでいいんだ」

何度目の確認だと、疲れたようにバーラットが返す。

「王様達の住居だから立派なのは分かっていたけど……こうして現物を前にすると、入るのに尻込みしてしまうわね」

宮殿から目を離さないネイの言葉に、ヒイロがコクコクと頷く。

完全に呑まれてしまっている二人に呆れて、バーラットは手で顔を覆う。すると兵士によって開けられた扉から、バルディアス王とともに中に入ろうとしていたソルディアス王太子が呼びかけてきた。

「お〜い、どうしたんだい？　早く来てくれないかな」

「分かった、今行く」

ソルディアス王太子に端的に答えて、バーラットは呆《ほう》けてしまっているヒイロとネイの襟首を掴んで引きずって歩き始めた。

宮殿の中に入っても、ヒイロとネイの様子は変わらなかった。

二人は、土足で歩くのがはばかられる程に磨かれた大理石の床の上を引きずられながら、呆然と周りを見回す。廊下の壁際《かべぎわ》には所々に彫刻《ちょうこく》が置かれ、壁には絵画《かいが》が飾られている。

宮殿の中はヒイロ達を恐縮させる物で満ち溢れていた。

「……さすがに、外観はともかく中身は庶民感に溢れているバーラットの屋敷とは違いますね」

「ほっとけ」

その雰囲気に圧倒されていたヒイロの言葉にバーラットが返すと、ヒイロの頭の上でホヘーっとそれらを見回していたニーアがボソリと呟く。

「ほんと、木炭で落書きしたい衝動《しょうどう》に駆られる物がいっぱいあるね」

「やめてください！」

「そんなもんに駆られるな！」

ニーアの何気《なにげ》ない呟きにヒイロとバーラットが肝《きも》を冷やして同時に突っ込んでいたところで、バルディアス王達の歩みが止まった。

バルディアス王達が足を止めたのは、二人の女性兵士が両脇に立つ扉の前。

女性兵士達は王の姿を見て略式《りゃくしき》の礼を取り、バルディアス王は軽く手を上げて彼女達に応える。その隣では、ソルディアス王太子が振り返ってヒイロ達を手招きした。

「ここです」

バーラットの手から離れて自力で歩き始めたヒイロ達が近付くと、女性兵士達がバルディアス王の命で扉を開く。

扉の中は、清潔感のある二十畳程の簡素な部屋だった。

外側に面した壁には暖かな陽の光を採り入れるための大きな窓があり、部屋の中にあるのは天蓋《てんがい》付きの大きなベッドだけだった。

そのベッドの脇に立っていた白いローブの女性が、入ってきたバルディアス王達に気付いて軽く会釈《えしゃく》する。

「テスネスト、レクリアスの容態《ようだい》はどうだ？」

「変わりません……定期的にヒール系の魔法と解毒剤、ＭＰポーションを使用して何とか頑張《がんば》っていただいていますが……」

バルディアス王の言葉に、テスネストと呼ばれた女性は力無く暗い口調で答える。

彼女の年の頃は二十代後半。ストレートの腰まで伸びた青い髪を首の後ろ辺りから束《たば》ねた清楚《せいそ》な感じの女性ではあるが、その顔は長い看病の疲労からかどんよりと曇っている。

「そうか……今日はバーラットの紹介でレクリアスを診《み》てくれるという人が来てくれてな」

「えっ！　……」

バルディアス王の言葉に、女性がスッと視線を移しヒイロ達を確認する。

「……僭越《せんえつ》ですが、大丈夫……なんですか？」

ヒイロ達の姿を見た女性が不安そうにバルディアス王に視線を戻すと、老王は困ったように笑みを浮かべた。

「いや、大丈夫だと信じたいが、どうやら期待すると緊張してしまう御仁《ごじん》のようでな。とりあえず、ダメで元々と思うことにしようとソルディアスと話しておった」

ここに来るまでのヒイロの様子をしっかりと見ていたバルディアス王の言葉に、女性は不安そうな顔のままヒイロへと視線を向ける。ヒイロは後頭部に手を回してヘコヘコと頭を下げ、そんな様子に思わず笑みを漏らしたソルディアス王太子がパンパンと手を叩いた。

「じゃあ、早速レクリアスを診てもらうから皆は部屋から出てもらえるかな」

ソルディアス王太子の命に、ここまでバルディアス王の護衛《ごえい》のために先頭を歩いてきて扉の両隣に控えていた兵士達が外に出たが、その他の者は動かなかった。

「おい――」

「お前達と陛下を同じ部屋に置いて俺まで出たら、兵士達が不安がるだろ」

「僕にもヒイロさんの活躍を見させてください」

バーラットの言葉を遮り、ベルゼルク卿が腕を組みながら絶対に動かない姿勢を見せる。その隣ではフェス王子が、好奇心に目を輝かせながらバーラットに訴《うった》えかけた。

「私も、姫様の治療の担当をしている立場として、この方がどのような治療を施すのか見定める義務がありますので」

テスネストも責任感から、ヒイロが何かとんでもないことをしでかしたら力ずくでも止めようと部屋に残る意思を見せた。

「まぁ、私なんかが姫様を診ようというのですから、信用できないのは仕方がないですよねぇ……」

ヒイロが情けない笑みを浮かべ、バーラットは嘆息した。

「確かにヒイロが見た感じ信用できないのは否定できないか……分かった。残るのは構わないが、これから起こることは他言は勿論、詮索《せんさく》もなしだ。それでいいか？」

バーラットの念押しに全員が頷くと、ベルゼルク卿の合図で外に出た兵士の手によって部屋の扉が閉められる。

「さて、それでは頼みます。ヒイロ殿」

「……分かりました。やれるだけはやってみます」

頭を下げるソルディアス王子に促されて、ニーアをバーラットに預けたヒイロはネイとともに天蓋の中へと入っていく。

ベッドには、緩いウエーブのかかった金髪の可愛らしい少女が寝ていた。年の頃は十七、八だろか。そんな年端《としは》もいかない少女が玉のような汗をかきながらうなされていた。

そのやつれてしまった顔を見て、ヒイロの心中に何とかしてあげたいという気持ちがヒシヒシと湧き上がってくる。

しかしやる気とは裏腹に、まずどうするべきか分からないヒイロは、おどおどしながらネイの方に顔を向けた。

「まずは……何をしたらいいんでしょう？」

「えっ！　……」

話を振られたネイが明らかな動揺《どうよう》を見せ、ヒイロはしまったと頬を引き攣らせる。

(頼まれたのはあくまで私ですし、私と同じ素人《しろうと》のネイに治療の初手《しょて》を聞くのは間違いでしたね。え〜と……まずは診察《しんさつ》、でしょうか？　でもどうやってやれば……)

そこまで考えを巡らせたヒイロはハッとネイのスキルを思い出し、そんなことにも気付かない程に、自分はテンパっていたのかと苦笑いした。

「すみません、私としたことが……いえ、私らしいんでしょうけど取り乱していました。ネイ、まずは姫様に鑑定《かんてい》をお願いします」

年下のネイに情けないところを見せたくないがために冷静でいようとしているヒイロに、

ネイは笑顔で「はい」と答えてから鑑定系の最上位スキル【森羅万象の理《しんらばんしょうことわり》】を使用する。

「確認できたわ。姫様は現在、ＨＰは六割程……毒とＭＰドレインの状態異常を受けてるわね」

ネイの報告に、ヒイロは悲痛《ひつう》に顔を歪《ゆが》ませた。

「そんな状態で、本当に呪いは解けているんですかね？」

「状態異常には呪いは含まれてないけど……今まで呪われてる人を鑑定したことがないから、本当に状態異常で『呪い』って出るのかは分からないわ」

「ううむ……とりあえずかかっているかどうか分からない呪いのことは置いといて、姫様を少しでも楽にして差し上げましょう……パーフェクトヒール！」

ヒイロはそう言って、パーフェクトヒールをかけるのだった。

「えっ！」

パーフェクトヒールという言葉とともに、天蓋の中から回復魔法特有の暖かい光が溢れ出し、テスネストは思わず声を上げた。

そんな彼女と同様に、王、王太子、騎士団長の三人も驚きの視線をバーラットに向ける……フェス王子だけは、純粋《じゅんすい》に凄《すご》いと目を輝かせていたが。そして注目を浴《あ》びた当のバーラットは、居心地の悪さに口をへの字に曲《ま》げた。

「詮索はなしと言ったぞ」

「ですが、パーフェクトヒールですよ！　しかも無詠唱《むえいしょう》の！」

口調に興奮を含ませながら詰め寄ってくるテスネストの額《ひたい》を、バーラットが手で押し返す。

「だから、詮索もなしと言ってるだろ。黙って見てろ」

バーラットにそう言われた彼女は「むぅ」と不満そうに黙り込んだが、代わりにバルディアス王が口を開く。

「しかし、テスネストが興奮するのも仕方なかろう。まさか、いきなり無詠唱のパーフェクトヒールを見せられるとは儂も思わなんだ」

バルディアス王の言葉に、ソルディアス王太子とベルゼルク卿が重々しく頷く。

「さすがはバーラットが選んだ仲間ってところかな。規格外に規格外を重ねてくれるねぇ」

エンペラークラスを倒す戦闘力に無詠唱のパーフェクトヒール。そんなトンデモっぷりに、ソルディアス王太子が呆れたように、しかしレクリアスが治る期待を高めながら皮肉めいた言葉を零すと、バーラットは鼻で笑った。

「ふん、そんな奴があんな性格で、内心ホッとしてるだろ」

「確かに。小心者で苦しんでる人はほっとけない性格みたいだね、彼は。もしかしてヒイロ殿を仲間にしたのは、初めは監視《かんし》の為だったのかな？　それでヒイロ殿の人となりを確認できて、君もホッとした経験があるとか……」

ソルディアス王太子に図星《ずぼし》を指され、バーラットは再び面白くなさそうに鼻で笑うのだった。

## 第7話　新魔法創造！

「どうですか？」

「パーフェクトヒールでＨＰは完全回復。毒の状態異常も一瞬消えたけどすぐに復活……また徐々にＨＰを削《けず》り始めてる」

パーフェクトヒールをかけてレクリアス姫の表情が和《やわ》らいだのを確認して、ヒイロが事後経過を確認するとネイは悔しそうに報告を返す。

「ぬぬぅ……やはり元から断《た》たないとダメってことですか」

「元って言うと？」

「呪い……本当に解けているんでしょうか？　そこから確認してみましょう」

大元の確認の為に、ヒイロは【全魔法創造】に頼る為のイメージ固めを始めた。

「呪いを解くとなると、どんなものが考えられるでしょうか……」

天井を見上げて想像を巡らせるヒイロに、ネイがピンときて顔を向ける。

「やっぱり陰陽師《おんみょうじ》じゃないかな」

「陰陽師……確かに日本人ならイメージ的にそうなりますよね。陰陽道に仏教の退魔《たいま》師《し》……道教《どうきょう》なんかも浮かびますね」

「……道教？」

聞きなれぬ単語にキョトンとしたネイは、「知りませんか？」とヒイロに聞かれてかぶりを振る。

「中国の宗教です……中国妖怪で有名な、お札《ふだ》を額に貼ってぴょんぴょん跳《は》ねるキョンシーなんかは、道教由来って説もありますね」

「あー……モンスターだけの格ゲーのキャラにいたわね。確かゾンビの一種だったたわよね」

「そうです。昔はよく、キョンシーを題材にした映画をテレビでやってたんですが、そういえば最近は見なくなりましたね……っと、話がそれてしまいました。よし、一番イメージしやすい陰陽師をイメージしてみますか」

ヒイロは軽く目を瞑《つむ》り、映画なんかでありがちな陰陽師の姿を頭に思い浮かべる。そして――

〈【全魔法創造】により、汎用型多目的魔法《はんようがたたもくてきまほう》、符術《ふじゅつ》を創造します――創造完了しました〉

新しい魔法を生み出した。

「ふむ、また随分と変わった魔法ができましたね。符術は陰陽師というより道教寄りだったような……う～ん、知識が中途半端《ちゅうとはんぱ》で皆ごっちゃになってしまったようです」

自身の知識の浅さにヒイロが苦笑いを浮かべていると、ネイが首を傾げる。

「もしかしてもう、新しい魔法ができたの？　どんなやつ？」

「ん～、こんな感じです」

そう答えながら、ヒイロは人差し指と中指をくっつけて伸ばした手をネイの眼前に持ってくる。

「解呪符《かいじゅふ》！」

そして力を込めて叫ぶと、横十センチ、縦《たて》二十センチ程の紙がヒイロの人差し指と中指の間に挟まるように現れた。紙には墨で書かれた梵字《ぼんじ》らしき文字が書いてあり、それを見たネイの目が輝く。

「お札《ふだ》ね。それで呪いが解けるの？」

「ええ、その筈です。呪術を解くのに特化した魔法ではないので力はあまりありませんが、

まだ呪術がかかっているのなら何らかの反応はある筈です」

「呪術の解呪に特化していない？」

含みのあるヒイロの言葉にネイが小首を傾げると、彼は静かに頷く。

「日本の漫画って、何でも戦闘に組み込んじゃいますよね。どうやらそのイメージが強かったみたいで……この符術という魔法は、様々な効果の符を作れる代わりに、それぞれの効果はそれ程高いわけではなさそうなんです」

ヒイロの説明に、ネイは難しい表情で咀嚼《そしゃく》を試《こころ》みる。

「え～と……それって個の魔法ではなく、新しい魔法の形式を生み出したってこと？」

ネイは以前、ヒイロから説明を受けた際、【全魔法創造】を『この世界にある魔法の仕組みの中で魔法を作り出すスキル』だと思った。だが今のヒイロの説明が本当なら、【全魔法創造】の能力は自分が思い描いていた以上ではないかと驚きおののく。

しかし、ネイのそんな驚愕《きょうがく》を知らないヒイロは、彼女の疑問の意味が分からずに小首を傾げる。

「ん～、それはどういうことです？」

「この世界に来て魔法を使えるって分かった私は、嬉しくってチュリ国の宮廷魔導師に魔法の仕組みについて詳しく教わったことがあるの」

そう前置きしてネイは説明を続ける。

「その時に聞いた話では、魔法とは、力ある存在の力の一部を借り受ける行為なんだって。大概《たいがい》は精霊や神族の力を借りるらしいんだけど、魔法はそういった力ある存在の力の一部を使う代償《だいしょう》にMPを捧《ささ》げて、そうして借りた力を精神力で操《あやつ》る行為のことを指すらしいの」

ネイの説明にヒイロが興味津々に頷くと、彼女はここまでは理解してもらえたと判断して次の説明に移る。

「だから新《あら》たな魔法を生み出すという作業は、元々いる精霊や神族などの新たな一面の発見とか新しい力ある存在の発掘《はっくつ》って意味合いがあるの。そういう者達の力を借りる術式を作り出し、その術式を言葉で表したものが呪文ってわけ。そうして研鑽に研鑽を重ねて生み出される魔法は個であって、一つの効果が発揮されるものでしかない。でも――」

ネイはそこまで言うと自分の人差し指の先をヒイロの胸に押し当て、鋭い視線を向ける。

「今ヒイロさんが生み出した魔法の形式は、従来の魔法のパターンに当てはまらないの。しかも、効果も複数あるなんて……正直、魔法を生み出すという行為のルールから外《はず》れているわ。一体、どんな存在の力を借りた魔法なの？」

問い詰めるようなネイの質問に、ヒイロが「んー……ん？」としきりに首を傾げる。

ネイが「もう一度説明しようか？」と聞くとヒイロは慌ててかぶりを振った。

「いえいえ、ネイの言いたいことは分かってるんです。ですが、【全魔法創造】は私のイメージを魔法として具現化《ぐげんか》してくれるものなので、その力の出所までは分からないんですよ」

「それって……どういうこと？　力が何もないところから湧き出るなんてバカな話、ありえない筈だけど……」

「さあ？　どういうことなんでしょうか。神様が【全魔法創造】をくれた時、魔法は想像力だって言ってたので、魔法とはそういうものだと思っていたのですが……」

「想像力？　……まさか、スキルの力でこの世界の因果律《いんがりつ》に直接干渉《かんしょう》して、現象の原因を生み出して魔法の効果を発揮してるとでも言うの？　いやいや、いくら何でもそんなことができたらそれこそ神の力じゃない……」

顎に手を当てて自分の世界に入りながら、ブツブツと【全魔法創造】の考察を始めるネイ。そんな彼女の肩にヒイロが手を置いた。

「後でもできる考え事は後回しにしませんか？　今は姫様の治療に集中しましょう」

「あっ……ごめん。好きな分野だとどうしても分からないままにしておけなくて」

恥《は》ずかしそうに謝《あやま》るネイに、ヒイロは笑みを零しながら「分かります」と同意しつつ、レクリアス姫の額にそっと符を貼る。

「どう？」

レクリアス姫の小さな顔をほとんど覆い隠してしまっている符を凝視《ぎょうし》するヒイロに、ネイが確認を取る。しかし、ヒイロは難しい表情でかぶりを振った。

「ダメです、符に反応がありません。やっぱり呪いは完全に解けているようですね」

全く反応を示さなかったためにレクリアス姫の顔から剥《は》がされた符は、ヒイロによって握り潰され、その手の中で音もなく消えた。

「呪術じゃないとすると、この毒とＭＰドレインの状態異常はどうやってかけてるっていうのよ……」

苦々《にがにが》しく呟くネイに、ヒイロも難しい表情のまま奥歯を噛み締めて唸る。

「うーん……原因は必ず何処かにある筈なんですが……そもそも、呪術とは何なんでしょう？　今の姫様の状態は、呪術自体は消えていても、その効果が持続しているってことなんでしょうか？」

「それは……どうなんだろう？」

答えようとしたネイの言葉が詰まる。

結局、二人とも呪術に関しての知識は乏しいため、顔を突き合わせて悩んでも答えは永遠に出ないだろうと判断したヒイロは、天蓋から顔だけ出した。知っている人に聞こうと考えたのだ。

「え～と……」

天蓋の外に立つ人物を見回したヒイロは、今までレクリアス姫の治療に携わっていたテスネストに視線を止めると軽く頭を下げる。

「こんにちは……えっと……」

「テスネストです」

名前を覚えておらず言いよどんでいたヒイロに、テスネストが端的に挨拶しながら頭を下げると、彼も「ヒイロです」と頭を下げて本題に入った。

「テスネストさん。すみませんが、呪術に関してお聞きしたいことがあるんですが……」

「えっ！　パーフェクトヒールを無詠唱で使う貴方が私なんかにですか？」

驚くテスネストに「お願いします」とヒイロが再び頭を下げる。

パーフェクトヒールを無詠唱で使うような、明らかに格上の魔導師にそんなことを聞かれると思っていなかったテスネストは、不安げに周りにいる者に視線をさまよわせる。すると、バーラットが聞いてやってくれと言わんばかりに頷いたため、彼女は恐る恐る顔をヒイロへと戻した。

「それで、どのようなことを聞きたいんですか？」

「呪術の仕組みです」

「仕組みと言われても……」

「基本的な仕組みです」

キッパリと言い切るヒイロに、何故そんな基本的なことをと困惑しながらも、テスネストは教科書に載っているような内容を思い浮かべて慎重《しんちょう》に口を開く。

「呪術とは予《あらかじ》め準備した魔法を術式に変換して、魔力に乗せて標的《ひょうてき》に当てることを言います。利点としては、複雑で多様な効果を発揮できることと、長距離でも狙えることが挙げられます。ただ、それは理論上の話で、魔法を術式に変換するのには大変な技術と知識が必要なため、普通使われるのは単純な効果のものがほとんどなんです」

「それはつまり、技術と知識さえあれば、用意した術式次第で様々な効果を発揮できるってことですか？」

「はい」

「なるほど……では、呪術を解呪する行為というのは？」

「身体の中に埋《う》め込められた術式を取り除く行為を指します。実際は簡単に解呪できないようにプロテクトがかけられているのでそう簡単なものではないのですけど、現れている病状から術式の形式を予想して、それを取り除ける術式をぶつけます」

　テスネストの説明で、コンピュータウイルスのようなものを想像したヒイロは微《かす》かに眉をひそめた。パソコン自体は扱《あつか》ったことのある彼だったが、プログラム方面となるととんと疎《うと》かったからだ。それでも薄っぺらな知識を総動員してヒイロは質問を続ける。

「えーと、それでテスネストさんは、姫様にかけられた呪術がどのようなものだと考えていましたか？」

「レクリアス様は呪術にかかっていた間、ＭＰドレインの他に高熱と腹部の激痛《げきつう》を訴えておりました。それは他の被害者もそうでしたから、そういう効果の呪術だと思っていました」

「ＭＰドレインと腹部の激痛？　呪術にかかっていた時は毒の状態異常はなかったんですか？」

不審がるヒイロにテスネストは無言で頷く。

「毒は最初はなかった……それなのにテスネストさんが解呪に成功したら毒の症状が現れた？」

「あっ！　すみません。実は解呪には成功してないんです。十日前にいきなり呪術の反応が消えて……」

自分の実績ではないので恥ずかしそうに語るテスネスト。しかし、勝手に呪術が消えたという事実から、とある予想が頭を過《よ》ぎり、ヒイロは慌てて天蓋の中に引っ込んだ。

「今の話、聞いてましたか？」

深刻な表情のヒイロに気圧《けお》されながらネイはこくんと頷く。

「呪術は自動的に消えたそうです」

「そうみたいね。でも、それが？」

ピンとこなくて話の先を促すネイに、ヒイロは話を続ける。

「つまり、呪術は目的を完成させたから消えたと考えられないでしょうか」

「ええっと……つまり？」

要領《ようりょう》を得ない説明にネイが焦《じ》れ始《はじ》めると、ヒイロは自身を落ち着かせるように大きく息を吐いた後でゆっくりと口を開いた。

「私は、呪術が消えているのにMPドレインと毒の状態異常が出るのは、他に原因となるモノがあるからだと考えていました」

「まぁ、何もないところから勝手に湧く状態異常じゃないから、考え方としては妥当《だとう》よね」

「ええ、そしてその原因が目に見えないということは、原因は姫様の中……つまり体内にいるってことじゃないでしょうか」

「体内？　まさか……」

やっとヒイロの言わんとすることに気付いて、ネイは顔を引き攣らせた。

「呪術はそれを生み出すためのものだった。つまり今現在、姫様の体内には魔法で生み出された魔法生物がいるのではないでしょうか」

「確かに……そうなら辻褄は合うけれど……それって呪術で可能なことなの？」

「それなんですよね。魔法生物の有無《うむ》が確認できれば証明は簡単なんですけど……ネイ、鑑定で確認できませんか？」

「無理。私の【森羅万象の理】は視認《しにん》しなければ使えないもの」

「う～ん、そうですか。私の【気配察知《けはいさっち》】や【魔力感知《まりょくかんち》】でも、姫様の気配や魔力が覆っているせいか存在を確認できないんです……これはまず、本当に呪術で魔法生物を生み出すことが可能なのか、専門家に聞いてみるべきですね……すみませんテスネストさん！」

再びヒイロが勢いよく天蓋から顔を出すと、テスネストはまたかとビクッとなりながら身構えた。

「は、はいっ！　……なんでしょう？」

「呪術で魔法生物を作ることは可能でしょうか？」

「へっ？」

突然の突拍子もない質問にテスネストは間《ま》の抜けた返事をしたが、徐々に質問の意図を理解していき、真顔になりながら頬に手を当てて考え始める。

「呪術で魔法生物？　……魔法生物の設計図と魔力、材料があれば可能かしら？　設計図と作業工程は術式に変換して呪術として送り込むとして……魔力は……あっ、そうか！　MPドレインで本人から補給すればいいのか。でも、材料は……」

そこまで呟いてテスネストはハッと目を見開く。

「まさか……レクリアス様本人の……レクリアス様が苦しめられていた体内の激痛は材料として奪《うば》われていたから？　奪われた欠損《けっそん》部分は少量なら十分ヒールで蘇生《そせい》できる。でも、欠損部分の蘇生ができないHPポーションだと傷口を塞《ふさ》ぐだけ……だから回復をポーションで補《おぎな》っていた他の患者は消耗《しょうもう》が激《はげ》しかったんだわ！」

呪術での魔法生物の生成が可能だと気付き、テスネストは徐々に顔を青ざめさせた。

「そんな……私は根本的に呪術の解読を間違ってたの……」

自分の失態《しったい》に愕然《がくぜん》とするテスネストを見て、呪術による魔法生物の生成は可能なのだと判断しながら、ヒイロは困ったような視線をバーラットに向けた。

ヒイロのアイコンタクトを受け取ったバーラットは、『俺ぇ？』と目を見開きながら自分を指差す。その後、すぐに『お前がやりゃいいじゃねえか』と指差してくるバーラットに、ヒイロは『私には姫様の治療がありますので』と天蓋の中を指差して、さっさと引っ込んでしまった。

バーラットは盛大に息を吐きながら肩を落とすと、仕方ないといった感じでテスネストに振り向く。

「テスネスト嬢《じょう》、そう落ち込むな。失敗は誰にでもある、要はその失敗を取り返す努力をすりゃいいんだ」

「ですが、私が見当違いな診断をしたせいで呪術は完成してしまっているんです。今の推測が正しければ、レクリアス様の体内には今、得体の知れない生物がいるんです！　それを取り除くにはもう、身体を切り開くしかありません！」

テスネストの切実《せつじつ》な叫びに、バルディアス王を始めとした全員が悲痛に顔を歪ませた。

医術を魔法や薬に頼るこの世界では、外科《げか》手術の技術はとんでもなく低い。故に身体を開く手術は、手の施しようのない患者への限りなく成功率の低い最後の手段として用《もち》いられていた。

つまり、手術しか手がないという言葉は死刑宣告に等しかった。

「私が犯《おか》した失態は……取り返しがつかないんです！」

責めたくはないがどうしても視線を向けてしまうバルディアス王達に苛《さいな》まれるように、テスネストはその場に崩れ落ちる。そんな一同を見てバーラットはやれやれと嘆息した。

「そんなに深刻に考える必要はねえよ。なあ、ニーア」

「そうだね。体の中に何かいるって言うんだったら、ヒイロに任せていれば間違いないよ」

自信たっぷりなバーラットとニーアに促されて、一同は祈るように閉められた天蓋へと目を向けた。

## 第8話　頼《たよ》りになるのはこの魔法

「……大丈夫なの？」

天蓋の外から聞こえてくる無責任な声を聞いて、ネイは不安そうな視線をヒイロに向ける。

「確実になんとかなると決まったわけではないのですから、あまり大きな口はきかないでほしいんですけどねぇ」

困ったように苦笑いを浮かべていたヒイロは、それでも意を決してレクリアス姫に視線を向ける。

「得体の知れない魔法生物……と言っても、体内に潜伏《せんぷく》している以上、要は寄生《きせい》生物です。つまり……」

ヒイロはそう言いながら、レクリアス姫の脇に立って何も握ってない右の拳を振り上げた。

「パラサイトキラー」

魔法発動の言葉とともに、ヒイロの拳に握られる黄金のピコピコハンマー。突然現れた滑稽《こっけい》なアイテムにネイがギョッと目を見開く。

「な……何それ？」

「姫様を治せるかもしれない魔法です。まったく、その場凌《しの》ぎに生んだ魔法ですが、色々と役に立ってくれます」

元々は操られた魔族の郷《さと》の人々を救う為に作った魔法。しかし、要所要所で活躍してくれると感謝しつつ、ヒイロはゆっくりとレクリアス姫の胸元にハンマーを振り下ろす。

ハンマーが当たった瞬間、レクリアス姫の体内から飛び出すように光が弾け、それと同時にヒイロは再びパーフェクトヒールをかけた。

「あっ！　ＭＰドレインと毒の状態異常が消えた！　再発は……なし！」

嬉しそうに鑑定結果を報告するネイに、ヒイロは穏やかになったレクリアス姫の寝顔を見ながら大きく安堵《あんど》の息を吐く。

「ふぅ～、推測は当たってくれてたみたいですね」

「……寄生生物を除去する魔法？」

先程のヒイロとテスネストの会話と、ヒイロの口にした魔法名からネイはそう判断する。緊張から解放されたヒイロがその言葉に静かに頷いたところで、彼女もようやくホッと一息ついた。

「本当にひやひやものでしたね。こんなに緊張するくらいなら、強い魔物と戦っていた方がよっぽどマシです」

「違いないわね」

談笑しながらヒイロとネイが天蓋から出てくると、床にしゃがみ込んで祈るように事の成り行きを見守っていたテスネストが、慌てて天蓋の中に入っていく。

「ああ……よかった……治ってる……」

直後、感極《かんきわ》まったテスネストの声が聞こえ、パッと表情を明るくしたフェス王子が深々とヒイロに頭を下げて、嬉しそうに天蓋の中に入っていった。

その後ろ姿を微笑ましく見送りながらバーラットの側に来たヒイロは、バルディアス王とソルディアス王太子に囲まれた。

「いやはや、ヒイロ君。よくやってくれたね」

フレンドリーな口調になったソルディアス王太子に笑顔でバンバンと両肩を叩かれ、ヒイロは照《て》れ笑いを浮かべてぽりぽりと頬を掻《か》く。

「いいえ、私も助けたいと思ってやったことですから、ソルディアス王太子様」

「他人行儀だなぁ。ソルディアスでいいよ。どうせ君の方が年上なんだろう、私への敬称はそれで相殺《そうさい》だ」

アッハッハと上機嫌で笑うソルディアス王太子。だが、彼の言葉に引っかかりを覚えたヒイロの笑顔がピキリと引き攣った。

「えっと……ソルディアス王太子様？　おそらく私は王太子様より年下だと思いますよ？　ですから、普通に王太子様と呼ばせていただきます」

ヒイロの必死に持続させた笑顔から繰《く》り出された言葉に、今度はソルディアス王太子の笑顔が引き攣る。

「……えっとヒイロ君？　それはないと思うなぁ」

「いやいや、まさかそんな……」

笑顔のまま睨み合う二人。そんな様子をバーラットの頭の上で見ていたニーアが、ヒイロとバーラットが出会った時に似たような言い合いをしていたことを思い出しながら呟く。

「外見は似てないと思ってたけど、やっぱり兄弟なんだね」

「…………」

ニーアに反論できないバーラットは、苦虫を噛み潰したような表情でヒイロとソルディアス王太子を見ていた。

しかし、二人の言い合いが発展して「では、二人同時に年齢を言い合おうか？」という提案がソルディアス王太子の口から出たところで居たたまれなくなり、大声で叫んだ。

「お前ら、二人とも四十二だよ！」

唐突の横槍《よこやり》に、ヒイロとソルディアス王太子が唖然《あぜん》としながらバーラットの方を振り向く。そして、ずっとニヤニヤしながら様子を見ていたバルディアス王が、とうとう大声で笑い始めた。

「ワッハハハッ、いやいや最近、暗い話ばかりで気が重くなる一方だったが、久し振りに思いっきり笑わせてもらったわ。しかし、レクリアスを救われ、水蛇帝の牙の余剰分《よじょうぶん》の支払いもまだとなると、儂等は一体、ヒイロ殿にどのような礼をすればいいのやら……」

「えっ！　牙の余剰分の支払い？　牙の代金ならもういただいてますが……」

バルディアス王の言葉に、ヒイロはキョトンとしながらバーラットに目を向ける。すると支払いを立て替えていた彼は、苦笑いしながら首を左右に振った。

「白金貨《はくきんか》八枚か？　エンペラークラスの牙の代金がそんなはした金なわけねぇだろ。そうだろ？」

バーラットに促され、ソルディアス王太子はコクリと頷く。

「うん。確かに白金貨八枚では安すぎなんだけど……前例がないから値段が決められないっていうのも事実なんだよね」

「うむ、その通りだ」

バルディアス王はソルディアス王太子に同意しつつ、どうするべきか顎に手を当てて考え始める。

しばらく「う〜む」と思い悩んでいたバルディアス王だったが、やがて何かに思い当たりヒイロに顔を向けた。

「どうだろう。いっそのこと貴族を拝命《はいめい》せんか？　伯爵《はくしゃく》くらいの地位ならすぐに用意するぞ。土地も好きな場所をある程度融通《ゆうずう》する」

突然のバルディアス王の提案に、ヒイロは間を置かず物凄い勢いでブンブンと首を左右に振った。

「いやいやいや、私が貴族などと、とんでもない！　そんな大それた肩書きは似合いませんよ」

「う〜む、やはりバーラットの仲間よな。地位には目もくれぬか……」

さてどうするかとバルディアス王が再び考え始めると、天蓋の布がガバッと勢いよく開かれる。そして皆の視線が集まる間もなく、飛び出してきたテスネストがヒイロの下に駆け寄ってきた。

「ヒイロさん！」

「はっ、はい？」

鼻が触れるのではないかという程に顔を近付けてヒイロの両手を握ったテスネストは、彼の目を真っ向《まっこう》から見据《みす》える。美人との近過ぎる距離にヒイロがドギマギしながら固まっていると、彼女は切迫《せっぱく》した様子で口を開いた。

「……まだ、苦しんでいる人がいっぱいいるんです……どうか、他の患者もお救いくださ い！」

「えっ……」

「さあ、患者が待ってます！　行きますよ！」

テスネストは返事を待たずに、ヒイロの身体が浮く程のスピードで引っ張って凄《すさ》まじい勢いで部屋を出ていく。

その様子を呆然と見守っていた一同だったが、やがて我に返ったソルディアス王太子がボソリと呟いた。

「……この調子だと、国民や貴族を救ってもらった礼も上乗《うわの》せしないといけなくなりそうだね」

「……うむ、そのようだな」

ソルディアス王太子にバルディアス王も同意し、二人して頭を悩ませ始めたのだが――

「ところで、呪術の犯人探しの方はどうなってるんだ？」

バーラットがそう話題を振ると、二人は顎に手を当てたまま同時に彼の方に振り向いた。

「うむ、今は諜報部《ちょうほうぶ》の者とSSSランクの冒険者一人、それにSSランクの冒険者が所属している冒険者パーティ二組にも調査を依頼している。ただ、今のところ進展はないな」

「本当はSランク以上を総動員したいところなんだけどね。国民の混乱を避けるために、ネームバリューのあるSランク以上の冒険者の動員は最小限に控えているんだよ。依頼してる彼等も大っぴらに聞き込みできないから、大分苦労してるみたいだね」

バルディアス王にソルディアス王太子が続けると、バーラットが首を捻る。

「SSSランクの冒険者？　一体、誰を投入したんだ？」

「マスティスだよ」

ソルディアス王太子の返答に、バーラットは合点《がてん》がいったように頷く。

SSS冒険者マスティス。

侯爵家《こうしゃくけ》の四男という立場に生まれながら冒険者となった変わり者で、みるみる台頭《たいとう》して二十代中頃でSSSランクまで上《のぼ》り詰めたという、冒険者なら知らない者はいない程の有名人だった。拠点《きょてん》とするこのセンストールを知り尽《つ》くしている実力者ということで、王達はマスティスに依頼していた。

バーラットも面識があり、実力、人柄とも申し分ないと認めている男である。

「あいつは確か、ソロで活動してたんだよな」

「ああ、マスティスは口には出してはいないが、バーラットなんかを尊敬している節《ふし》があるからね。君に倣って特定の仲間を持たずに活動してるみたいだよ……もっとも、バーラットがパーティを組んだと知れば、自分も組むと言い出すかもしれないけど」

ソルディアス王太子になんか呼ばわりされつつも、尊敬されているなどと言われて、バーラットは居心地が悪そうにしながら照れ隠しに口を開く。

「俺より若くランクも高いあいつが、俺なんかを尊敬するかぁ?」

「それも彼の魅力《みりょく》だよ、肩書きなどに縛られず、慢心《まんしん》しない。まぁ、貴族の肩書き至上《しじょう》主義なところに嫌気《いやけ》がさして冒険者になったそうだから、そういうのには元々こだわってないのかもね。それに……」

そこまで言ったソルディアス王太子は、笑みを消してジロリとバーラットを睨む。

「どこぞの誰かさんが、SSSランクに上げるというこちらの打診《だしん》を何回も袖《そで》にしていることも彼は知ってるから、それも尊敬の理由になってるのかもね。地位を求めないなんてカッコいい、とでも思ってるんじゃないかな……まったく、今回のエンペラーレイクサーペントの牙の発見やヒイロ君に呪術の解呪を促したこととか、SSSランクに上がるのに十分なポイントを稼《かせ》いでると思うんだけどね」

「ふん！　どっちもヒイロの手柄じゃねえか。それにSSSランクになんか上がったら、今以上にお前らにいいように使われるのは目に見えている。そんなのはゴメンだ」

ランクアップなどクソ喰《く》らえとでも言うようなバーラットに、ソルディアス王太子はやれやれと肩を竦める。

「いいように使うなんて、失敬な物言いだねぇ。私達は自分で解決できることは自分でやってる。そこにいるベルゼルク卿を始めとして、腕前だけならSSSランクに匹敵《ひってき》する人材は国にも沢山《たくさん》いるんだし」

「はっ！　世の中、腕《うで》っ節《ぷし》だけで解決できる事柄だけなら生きるのに苦労しねぇよ」

「もっともだね。だから私達王族は、様々な方面に柔軟性《じゅうなんせい》のある冒険者に目をつけたんだよ。勿論、この先起こるであろう不測の事態にバーラットが適任だと思ったら、私は遠慮《えんりょ》無く君に参加要請を出すよ」

そんなことは当たり前だろうと勝ち誇《ほこ》ったようなソルディアス王太子に、バーラットは面白くなさそうにフンと鼻を鳴らす。そのまま二人が睨み合っていると、バルディアス王が「ウオッホン」とわざとらしく咳払《せきばら》いした。

「お前達……話がそれてるぞ」

二人が自分を見たことを確認したところで、バルディアス王はそう前置きをしてから話し始める。

「それでバーラット。お前も犯人探しに名乗りを上げてくれるのか？　仲間のお嬢さんが一人いなくなっているようだが」

「レクリアスが苦しめられたんだ。黙っていられるかよ」

「そうか……」

孫娘に対するバーラットの意気込《いきご》みが嬉しくて、バルディアス王は静かに笑みを浮かべる。

するとその時、ベッドの天蓋の陰から喜びに満ちた表情のフェス王子が顔を出した。

「お父様！　姉様が目を覚《さ》ましました！」

「本当かい！」

フェス王子の歓喜《かんき》の声に、ソルディアス王太子はバーラットを押し退《の》け慌てて天蓋の内側に入っていく。その様子にバーラットは苦笑した。

「……さっきまで平然としていたくせに、随分と嬉しそうにしやがって……」

「当然だ。娘の回復を嬉しく思わん親がどこにいる」

自身も孫の回復に笑みを湛《たた》えるバルディアス王の言葉に、今まで黙っていたベルゼルク卿も続く。

「バーラットも子を持てば分かるぞ。特に王太子は王族という立場上、周囲の者に狼狽《うろた》えた姿を見せるわけにはいかんから、こういう身内だけの場所では素直な感情に従っておいでなのだろう」

そこまで言って一度言葉を切り、天蓋からバーラットに視線を移す。

「お前もいい加減身を固めたらどうだ？　コーリの冒険者ギルドの副ギルマスとは随分と親密《しんみつ》に見えたが、あのお嬢さんなんかはどうなんだ？」

ベルゼルク卿が突如落とした爆弾に、バーラットはギョッとする。その横ではバルディアス王が「ほほぉ」と興味深げに片眉を上げた。

「バーラットにそんなお嬢さんがいたのか。ぜひ紹介してほしいものだな」

「俺とアメリアはそんなんじゃねえよ。大体、もしそうだとしても俺の出自は世間的には王族とは無関係ということになってんだ、紹介なんかするわけがないだろ」

「ふむふむ、そのお嬢さんはアメリアと申すのか……なに、お前と結《むす》ばれれば、儂にとって義理の娘だ。世間には内密に会わせてくれてもいいと思うのだがのう」

話がとんでもない方向に逸《そ》れ始めたとバーラットが渋い表情を見せると、すかさずバルディアス王はニヤニヤと笑い始める。その冷やかし八割の視線に、バルディアス王とソルディアス王太子はやっぱり親子だとバーラットは改めて確信した。

「そんなことよりレクリアスが目覚《めざ》めたんだ、さっさと顔を見に行くぞ」

下手な話題そらしをして天蓋の中に入って行くバーラットの態度に、バルディアス王はベルゼルク卿と顔を見合わせて笑いつつ思う。

（ふむ、脈はありそうだな……これは、新しい孫の顔が近いうちに見れるかも知れん）

新たな楽しみを見出《みいだ》しながら、バルディアス王はバーラットの後に続いた。

「あっ、バーラットおじ様、お祖父様《じいさま》」

レクリアス姫はベッドの上で上半身を起こした状態で、バーラット達に満面の笑みを向けた。元気だった頃の輝かしさはまだないが、最近は病床で苦しむ姿しか見ていなかったバルディアス王は、目尻に光るものを溜めながらウンウンと頷く。

「レクリアス……よかった。本当によかった……」

「お祖父様、ご心配をおかけしました」

「いや、レクリアスは悪くないんだ。謝る必要はない」

バルディアス王がベッドの横に立ってレクリアスの手を握っていると、不意に彼女はバーラットへと目を向けた。

「バーラットおじ様、ありがとうございます。私を治療してくださった方は、バーラットおじ様が連れてきてくれたと聞きました」

「ああ、ヒイロという俺の仲間だ」

「ヒイロ様……というお方なのですね」

バーラットからヒイロの名前を聞き、心なしか頬を赤らめながら復唱《ふくしょう》するレクリアス姫。

その姿は、恥じらっているようにも見える。

それを見て、バーラットを始めソルディアス王太子とバルディアス王も『ん?』と心の中に疑問符を浮《ふ》かべて、笑みを引き攣らせた。

「え〜とだねレクリアス。一応言っておくがヒイロ君はおじさんだよ」

「そうだぞ。しかもお前の父親と同い年だ」

「そう……なんですか」

念の為にとソルディアス王太子とバーラットが慌ててマイナス面の追加情報を出すと、レクリアス姫は少し落胆しながら横目に自分の父へと視線を向けた。

レクリアス姫の父、ソルディアス王太子の見た目は若い。三十代前半と言っても通用する程であり、容姿《ようし》も整《ととの》っていた。

そんな父を見て、レクリアス姫の目が光明《こうみょう》を見出《みいだ》したかのように光る。

彼女の変化に、自分の容姿の特徴《とくちょう》を理解しているソルディアス王太子は自分を判断基《き》準《じゅん》にされてはたまらないと慌てた。しかし、そんな父の内心の焦燥《しょうそう》を知ってか知らずか、フェス王子が口を開く。

「でも、さすがはバーラットおじ様がお認めになった方です。ヒイロさんは武も魔法も一流なんですね」

バーラットやソルディアス王太子にしてみれば余計と言うほかないフェス王子の一言で、レクリアス姫の目がますます輝く。

「い……いや、フェス。確かにその通りではあるんだけどね。でも……」

「ククッ……フッハハハハハハ」

あまり余計なことをレクリアスに吹き込まないでくれと、しどろもどろにクギを刺すソルディアス王太子。しかし、そんな願いがこもった言葉はバルディアス王の愉快そうな笑い声で打ち消された。

バルディアス王はひとしきり笑うと、優しい笑みを湛えたままレクリアス姫を見る。

「レクリアス、ヒイロ殿に興味があるのかな？」

バルディアス王に問われたレクリアス姫は、赤くなった自分の頬を恥ずかしそうに隠すように頬に手を当てる。

「……はい。だって、私を救ってくれた方ですもの……それに、知らない殿方《とのがた》に私の寝姿を見られたと思ったら恥ずかしくて……最近は湯浴《ゆあ》みもしていませんでしたし、病気で顔色も優《すぐ》れなかったでしょうから、ヒイロ様の目に私がどのように映ったのか気になってしまいます」

「そうかそうか。だったら、今度会う時にお礼とともにヒイロ殿をじっくりと観察してみるといい」

「そう……ですね」

愉快そうなバルディアス王の提案にレクリアス姫が真っ赤《まっか》になりながら頷くと、フェス王子がハッとする。

「あっ！　姉様が元気になったことをお母様にも知らせないと！」

「おっと、俺も陰険《いんけん》な真似をしてくれた今回の犯人をさっさと見つけねぇとな」

嬉しそうに天蓋から出て行くフェス王子に、バーラットが慌てた様子で続く。その後ろ姿を見送りながら、バルディアス王がソルディアス王太子に話しかけた。

「もしバーラット達が今回の件で活躍したら、その礼も上乗せせんといかんな」

「ですね……でも、私としてはそんなことより、自分と同じ年の息子ができるのではないかと気が気ではないのですが……」

レクリアス姫を焚《た》きつけた自分の父を、不満そうに睨みつけるソルディアス王太子。当のバルディアス王は「それも面白かろう」とカラカラと笑い、レクリアス姫は二人の会話を聞いて更に真っ赤になりながら俯いたのだった。

「ネイ、ニーア！　すぐに街に出て調査をするぞ」

「え？　調査って今回の呪術士の、ですか？」

　ドカドカと早足で部屋を出て行くバーラットに続きながらネイが尋ねると、彼は無言で頷く。

「どうせヒイロは、治療でしばらくは身動きが取れねぇだろう。それに全員治したとしても、また患者が増えるとあっちゃあ、原因がなくならない限り心配で帰ろうとは思わんだろ。だから少しでも早く解決する為に、俺達も街に出て情報を集めるんだよ」

「そんなの、レミーの報告を待った方がよくない？　その為にレミーを先に行かせたんでしょ」

　ネイの肩に座るニーアのもっともな意見に、バーラットは渋面を作る。

「それはそうなんだが……のんびりしてると年上の甥《おい》っ子《こ》ができる可能性が出てきそうでな……まぁ、本人を前にすればそんな考えは消えてくれるとは思うのだが、レクリアスは根っからの箱入り娘。万が一ということもあり得る……」

「「うん？」」

　意味が分からず首を捻るネイとニーアを無視して、バーラットは万が一が起きないことを祈りながら、大股《おおまた》に廊下を突き進んだ。

# 第9話　王都の噂《うわさ》

「こちらです」

テスネストに宙に浮くような勢いで引っ張られてきたヒイロは、城の一階にある一室の前へと連れてこられていた。

「ふぅ……テスネストさん、見た目に反してとんでもない腕力と脚力ですね……で、ここは？」

掴まれていた右手首を左手でさすりながら、自分の足が地についていることにホッとしつつヒイロが尋ねると、テスネストは急かすように彼に顔を向ける。

「一番最初に城内で呪術をかけられた方々、十三名がこの中で治療を受けています。レクリアス様と違い手厚《てあつ》い看護《かんご》とまではいきませんでしたので、容態はレクリアス様より悪いかと……」

渋い表情で説明しながらテスネストがドアノブに手をかけると、部屋の中から大勢の苦痛の叫びと女性の甲高《かんだか》い悲鳴が響いてきた。

「「!?」」

ヒイロとテスネストは顔を見合わせ驚く。

そしてテスネストが慌ててドアを開けると、中は凄惨《せいさん》な状況だった。

部屋の中には、ベッドが七床二列、合計十四床置いてある。本来は白く清潔感があっただろうそれらは、ほとんどが赤く染まっていた。そしてその上では、パジャマを着た患者達が腹部を押さえてもがき苦しみ、その様子をベッドの間の通路で白いローブを着た若い女性が恐怖の表情で震えながら見ていた。

ヒイロとテスネストが状況を呑み込めずに困惑していると、突然ガラスの割れる音が響いた。

その音で我に返ったヒイロ達が反射的にそちらに顔を向ければ、外に面した大きな窓のガラスが割れている。そしてそこから、ヒイロ達が見たこともないような、十センチ程の異形《いぎょう》の生き物達がワラワラと外に出て行くところだった。

体色が赤いのは血に染まっている為だろう。形的には甲殻類《こうかくるい》の殻《から》を纏《まと》った蜘蛛《くも》のようで、腹の部分の形は髑髏《どくろ》に似ていた。動くとその顎の部分がカタカタと動き、ヒイロにはまるで笑っているように見えた。

あまりに悍《おぞ》ましい造形に、惨劇《さんげき》の原因がその生き物達にあるとヒイロは判断する。そしてすぐにでも追いかけようとしたが、ベッドの上で苦しむ患者達の姿を見て足を止めた。

（アレを外に出すのはマズイ気がしますが、まずはこの人達を救うのが先決です！）

一番近いベッドへと足を向けたヒイロを見て、テスネストは部下であるローブ姿の若い女性へと視線をやる。

「何があったんですか！」

恐慌《きょうこう》状態に陥《おちい》っている若い女性に活を入れるために大声でテスネストが話しかけると、女性はハッとして彼女へと向き直った。

「あの生き物が突然、患者さん達のお腹《なか》から……」

そう言って窓を指差す若い女性。そこにはもう、異形の姿はない。断片的な情報から大体の状況を理解したテスネストは、すぐに自分達が入ってきたドアの向こうを指差した。

「貴女はこのことを王太子様に報告してください」

「えっ……」

「早く！」

「はいっ！」

一喝《いっかつ》された若い女性が慌てて部屋から出て行くと、テスネストはドアを後ろ手に閉めてヒイロへと視線を移す。レクリアスの視線を受けたヒイロは、人払いをしてくれたのだなと感謝の意を込めながら軽く頭を下げると、すぐに苦しむ患者へと向き直った。

「パーフェクトヒール！」

ヒイロは腹部を押さえて苦しみにのたうちまわる男性を優しく押さえ、彼の手に自分の手を重ねる。そして唱《とな》えられた魔法が効果を十二分に発揮して、男性は表情を穏やかなものに変えて意識を失った。

男性が小さな寝息を立てていることにホッとしつつも、ヒイロは次の患者へと足を向けた。

「パーフェクトヒール！　パーフェクトヒール！　パーフェクトヒール！　――――」

そうして全ての患者にパーフェクトヒールをかけてまわったヒイロは、死者を出さずに済んでホッと一息つきながら壁にもたれかかる。

すると、ヒイロとともに患者達を見て回っていたテスネストがヒイロに問いかけてきた。

「やはり無詠唱の魔法は凄いですね。でも、こんなに立て続けに大魔法を使ってしまって大丈夫なんですか？」

「ハッハハッ。なに、強敵連戦の合間《あいま》の回復魔法の連続使用は基本中の基本、慣れたものですから問題はありませんよ」

元の世界のゲームでやっていた連続ボス戦を思い出しながらのヒイロの言葉に、テステリアは感嘆《かんたん》のため息を漏らす。

「はぁ……やっぱり常に実戦に身を置く人は違うんですね。私もパーフェクトヒールを使えますが、詠唱でかなりの時間を要してしまいますので、このような緊急《きんきゅう》時には使えないんです」

「ほほぅ、テスネストさんもパーフェクトヒールが使えたのですか」

「ええ、精神集中に五分程、呪文の詠唱にも同じくらいかかってしまいますけどね」

最上位回復魔法であるパーフェクトヒールを使えることを、誇らしく思っていたテスネスト。しかし事もなげに連発するヒイロの前では恥ずかしいものに思えてしまい、苦笑いを浮かべながらベッドに横たわる患者達へと目を向けた。

血で赤く染まってしまったベッドのシーツと患者のパジャマを交換しなくてはと思いながらも、テスネストは今回の件に関して考え始める。

「患者の傷の具合とあの子の話から推測するに、呪術で生み出された魔法生物が寄生していた身体から無理矢理出てきたみたいですね」

「やはりそうなんですか。すると、先程窓から逃げていった悍ましい生き物がそうだったんですね」

「でしょうね。あんな生き物は見たことがありませんでしたから……でも、なんで突然出てきたんでしょう?」

テスネストの疑問に、二人は同時に首を捻る。

「姫様の時はそんなことにはならなかったですよね」

「ええ。それから、姫様が呪術にかかったのはここにいる人達とほぼ同時期。中には姫様よりも先に呪術にかかった人もいますから、ある程度成長すると出てくるということでもないと思います」

「ふむ、では何故……」

ヒイロとテスネストが再び首を捻っていると、廊下の方からバタバタという慌ただしい足音が聞こえ始める。やがて、ガチャリと乱暴にドアが開け放たれた。

「蟲《むし》が腹から湧き出て、患者が血塗《ちまみ》れって話が舞い込んできたんだけど、一体、どういうことだい？　……って、うっ！」

勢いよく部屋に入ってきたのはソルディアス王太子。

彼は部屋に入ってくるなり、いまいち要領を得ない報告の真意を聞こうとしたが、部屋の中の血塗れの患者を見て驚きの表情を浮かべた。

「これは一体……」

「呪術で生み出された魔法生物が、身体の中からお腹を破《やぶ》って出てきたようです」

「なっ！　それで彼等は大丈夫なのかい！」

「ヒイロさんの魔法で一命は取り留《と》められました」

テスネストの報告にホッとしながら、ソルディアス王太子は礼を言おうとヒイロの方に目を向けるが、ヒイロは顎に手を当てていた。

「ヒイロ君？」

ソルディアス王太子が声をかけても、考えに没頭《ぼっとう》しているヒイロはそれに気付かない。

ヒイロは報告を聞いてやってきたソルディアス王太子を見て、魔法生物達が起こした行動の理由を思い描いていた。

「情報の伝達……意思の疎通《そつう》……まさか！」

「何か分かったんですか！」

下を向いていたヒイロの視線が、意味ありげな言葉とともに自分達に向けられたのを見て、テスネストが声をかける。それに対してヒイロは、「もしかするとですが」と前置きをして話し始めた。

「あの魔法生物は互いの情報を共有しているのではないでしょうか？」

「情報の共有？」

首を傾げるテスネストにヒイロはコクリと頷いてみせる。

「つまり、一匹の魔法生物が体験したことを、念話か映像なのかは分かりませんが、離れている他の仲間に教えることができるのではと……」

「……それで、自分達を滅ぼすことができるヒイロさんという存在に気付き、同じ運命になる前に逃げ出したと？」

「はい。それなら突然寄生先から出てきた魔法生物達の行動も理解できます」

頷くヒイロを見て、テスネストの表情が徐々に恐怖に染まっていく。

「……城下の街にはまだ、城に結界がかけられて以降に呪術を受けた人達がたくさんいるんですよ……」

「ええ、ですから早く対応を……」

そう言いかけたヒイロの手を、テスネストはムンズと力強く握る。

「えっ……えっと、テスネストさん？」

「対応も何も、あの蟲をどうにかできるのはヒイロさんしかいません！」

困惑するヒイロに顔を寄せながら、テスネストは切羽《せっぱ》詰まった様子で捲し立てる。

「姫様の病状から察するに、あの魔法生物が出来上がるまでには、それなりの時間がかかると思われます。呪術士が標的を城から街に切り替えたのは少しタイムラグがありましたので、街の被害者達の体内の魔法生物はまだ完成していない可能性があります！」

「えっと……つまり……」

「これから被害者の人達の所を回れば、間に合うかもしれないということです！」

テスネストはそう言うと、ソルディアス王太子の方に顔を向ける。

「ソルディアス王太子様、私達はこれから被害者の人達の所を回りますので、王太子様は私達が行くことを事前に伝えておいてくれませんか。貴族などは突然訪れても会ってくれない可能性がありますので」

人を救うという使命に燃えたテスネストの勢いに、ソルディアス王太子が唖然としながらもコクリと頷く。それを確認した彼女は、ヒイロの身体を引きずりながら猛《もう》スピードで部屋から出ていった。

「……ヒイロ君、大変だねぇ。でも、君が頑張ってくれれば国民が救われるんだ。頼んだよ……まぁ、いくら頑張ってもレクリアスはあげないけどね」

ソルディアス王太子は親としての顔を見せながら、手を振ってヒイロを見送った。


一方バーラットは、城を出た後でニーアとネイの二人と別れ、一人で情報を集めて回っていた。

しかしながら大した収穫《しゅうかく》も得られず、宿へと戻ったところで丁度《ちょうど》戻ってきたネイとニーアに出くわした。

「で、どうだった？」

報告会をしようということで、バーラットは二人を部屋に誘い、備え付けの椅子に座ったネイに尋ねる。しかしネイとその肩に座るニーアは、揃って肩を竦めて首を左右に振った。

「やっぱり、呪術ってワードを使わないで聞き込みするのは難しいわね」

国が呪術士の情報を隠している為に、言葉を選びながら情報収集しなければならない。その慣れない作業にネイは辟易《へきえき》した様子で愚痴を零す。

「原因不明の病気にかかってるっていう話はいくつか聞いたけど、皆それが病気だと思ってるから、呪術士の情報なんて全くなかったよ」

ネイに続いてのニーアの報告に、自分の成果もほぼ同じだったバーラットはガッカリと項垂《うなだ》れる。

「そうか、俺の方も似たようなものだったな。冒険者ギルドの情報網《もう》にも引っかかってなかったし……そうなると、モグリの情報屋辺りを頼りたいところだが……もう既に、諜報部や先に依頼を受けていた冒険者達が当たってるだろうな」

「それで、国に報告がないということは……」

「有益な情報は出てこなかったってことだな」

たった半日の情報収集だったが早くも八方塞《はっぽうふさ》がりの様相《ようそう》が見え始め、一同は「う〜ん」と唸り始める。

「これって、街の外から無差別に呪術を放ってるってことなのかな？」

「いや、それはないな。城への攻撃は城外からの無差別なものだったらしいが、城の結界が完成して以降の攻撃は、城勤《づと》めの貴族を集中的に狙ってる。明らかに標的を見定めてるだろ。遠距離からの攻撃とは思えん」

ニーアの疑問にバーラットが答えると、ではどうして呪術士の目撃情報が出てこないのかと一同は再び悩み始めた。と、その時、部屋のドアがノックされる。

「誰だ？」

「レミーです」

早くも暗礁《あんしょう》に乗り上げてしまって不機嫌なバーラットだったが、聞き慣れた声が返ってくると、待ってましたと言わんばかりにそちらに駆け寄りドアを開けた。

開け放たれた向こうには、シャツにスカート、カーディガンを羽織《はお》り、頭にはスカーフまで巻いて、すっかり街に溶け込んだ町娘にしか見えないレミーの姿があった。

「遅《おそ》くなってすみませんでした」

「いや、俺達も情報収集から今戻ってきたところだったから、丁度よかった」

「へっ？　……バーラットさん達も情報収集を？」

「あっ、違うのよ。ちょっと事情があって早く今回の件を片付けなくちゃいけなくなって……」

自分の情報収集能力が信用されてないのかと悲しげな表情を浮かべるレミーに、ネイがすかさずフォローを入れる。それを聞いたレミーは頭の上にクエスチョンマークを浮かべながら「そう、なんですか？」と言いつつ部屋に入ってきて、キョロキョロと一同を見回した。

「あれ？　ヒイロさんは……」

「ヒイロなら、妙齢《みょうれい》の美人さんと一緒に別行動中」

相棒《あいぼう》を取られた気分でニーアが少しむすっとしつつ色々と端折《はしょ》りながら説明すると、レミーは「えっ！」と驚きながら固まる。

レミーの反応に、ネイは『ん？』と思いつつも、『いやいや、まさか』とその考えを振り払いニーアの言葉足らずな説明に補足しようと口を開いた。

「ヒイロさんは、宮廷魔導師のテスネストさんっていう人と、呪術にかかってる人を救う為に街を回ってるみたいなんです」

「あっ、そうだったんですか。でも、ヒイロさんはやっぱり解呪に成功したんですね。さすがですぅ」

「そういうわけだからヒイロのことは置いといて、レミーの方はどうだった？」

ネイの話を聞き、すぐに再起動して笑顔でヒイロを褒《ほ》め称《たた》えるレミー。そんな彼女に、バーラットがベッドに腰掛けながら急かすように今日の成果を聞くと、レミーは笑顔を消して顔を引き締めた。

「そうですね……街の様子から呪術士の情報は国が止めていると思ったので、その件は口に出さずに街を回ったんですけど……呪術士の姿に関する情報は皆無《かいむ》でした」

レミーの話の出だしを聞いて、バーラット達はやっぱりと項垂れたが、彼女は「でも……」と話を続ける。

「呪術にかかったと思われる人達に関する話を聞くと、時期的には城よりも先に発症してたみたいなんですよ」

「はぁ？　呪術士の目的は城の人間じゃなかったのか？」

　すっとんきょうな声を上げたバーラットの疑問に、レミーは「目的まではさすがに」と首を傾げつつ、更に話を続けた。

「これは他の町からの行商人の方に聞いた話なんですけど……今回の呪術攻撃は、城への攻撃が始まる以前の時期から、このセンストールの街に限らず、近くの村や町でも行われていたようです。でも、一つの町や村での被害者は十人前後と少なかったために、現地の人も珍しい病気としか思ってなかったらしいですね。結局個々の町々では話題になりはしましたが、国を騒がす程の大きな騒ぎにはならなかった、ということみたいです」

「被害者のその後はどうなってるんだ？」

「全員、死亡しています。死因は病死ということですが、詳しく調べた魔法医師の中には中毒死ではないかと言った方もいるとか、いないとか……」

「「「…………」」」

　レミーによって淡々《たんたん》と語られた報告内容に、全員の表情が悲痛なものへと変わっていた。

　そんな中、顔をしかめたままニーアが口を開く。

「なんか、あの時に似てるよね」

　ニーアの呟きに、ネイとレミーは「あの時？」と首を傾げるが、バーラットが静かに口を開いた。

「魔族の集落の時のことか？　確かに、ゾンビプラントと呪術という違いはあるが、人に魔法生物を寄生させるという手口は似て……」

そこまで言ったバーラットがハッとする。

「待てよ……初めはＭＰドレインで得た魔力と術をかけられた人の一部を使って魔法生物を作り、完成したら今度はＭＰドレインと毒……完成後は完全に宿主を殺しにかかってるよな」

「でも元々、殺すって目的で呪術を使ってるんだから、それは当然じゃ……」

ネイの意見に、バーラットはゆっくりとかぶりを振る。

「ただ殺すだけのつもりなら、わざわざ魔法生物の生成なんていう面倒くせぇ手段を使うことはない筈だ」

「それって、魔法生物を使って何かしようって考えてるってこと？　……あっ！　王子様が言ってた、『死んだ筈の貴族のご子息が彷徨っているなんて噂』って……」

フェス王子の話を思い出したネイがそう零すと、バーラットは勢いよく彼女の方へと振り向いた。

「それだ！　生まれた魔法生物に死体を操る能力があったとしたら、殺しにかかる理由が説明できる。しかし、だとしたら完成後のＭＰドレインにはどんな意味が……」

「えっと……いまいち話の内容についていけないんですけど……」

バーラットが再び考え始めると、ヒイロの治療の場に参加していなかったせいで、呪術が魔法生物生成の為のものだと知らないレミーが疎外感《そがいかん》を覚えながら小さく呟く。

「あっ、えっとね――」

そんなレミーにネイが治療の詳細を事細《ことこま》かに教えると、「そうだったんですか」と彼女は頷く。

「だったら、完成後のMPドレインは魔法生物が活動する為のエネルギーじゃないですか？」

やっと話の内容を理解したレミーが早速意見を述べると、バーラットは静かに首を左右に振る。

「いや、人に寄生できる程の小さな魔法生物なら、常にMPドレインをかけなければいけないようなエネルギー消費はない筈だ……他に理由がある筈なんだが……」

「そうなんですか……あっ！　そういえば――」

自分の意見が否定されて一度は落胆して俯いたレミーだったが、何かを思い出して再び顔を上げる。

「さっきネイさんが言っていた、貴族のご子息が彷徨っているという話の目撃情報もありました。時期的には城への呪術攻撃が始まった頃で、時間帯は暗くなってからに限定されてます」

「そんなことまで聞いてきたのか……」

そこまでは探っていなかったバーラットが、レミーの話に食い付く。

「城への呪術攻撃が行なわれていた時間帯までは聞いてなかったが、もしかしたら、その時間帯も一致してるかもしれんな」

「っていうと、その死んでいる筈の人が呪術をかけていたかもしれないと？」

ネイの言葉にバーラットはかぶりを振る。

「いや、それはないな。高度な技術で魔法生物を作った上で、長い時間をかけて教育すれば可能だろうが……呪術で作ったような即席の魔法生物には、そこまでの知能はない筈だ」

「だったら……」

「呪術士の護衛役か目くらまし……確か、そいつは貴族の息子って話だったな」

バーラットの言葉に、レミーはコクリと頷いた。

「現在、城で財務の統括《とうかつ》を担当しているナリトセス侯爵のご長男ではないかという話です。その方は温厚《おんこう》な上に一般人にも寛大《かんだい》なお方で、住民の人気《にんき》も高かったみたいです。よく一般住民の街の方へも顔を出して買い物をしていたとかで、顔を覚えていた住民が沢山いました。ちなみに死因は病死となってますが、状況を調べたところ、呪術にかけられていた可能性が高いと思います」

淡々とした口調での報告を受けて、バーラットは眉間に皺を寄せる。

「一般の住民にも広く顔を知られている有名人なら、目くらましとしては丁度いいな……」

「というと、どういうことです？」

「死んだ筈の有名人が現れれば、そちらに視線が固定され、更に普通の反応ならそこから逃げ出す筈だ。その近くで呪術を使っていても、見つかる可能性はかなり低くなる」

「そうやって利用する為だけに、そんな人徳のあった人を？」

そのやり口に嫌悪感《けんおかん》を露わにするネイに、バーラットは苦虫を噛み潰したような顔で頷くとゆっくりと立ち上がった。

「とりあえず今日はここまでにして、明日はその貴族の息子の情報を中心的に調べよう」

彼の言葉に全員が頷き、この日は解散となったのだった。

## 第10話　王族の密談《みつだん》

「ああ、レクリアス、本当によかったわ」

レクリアスの母であるスミテリアは、娘の回復を喜び、ベッドの上で上半身を起こしていた娘を力強く抱《だ》きしめた。

腰まで伸びたサラサラの金髪に、均整《きんせい》のとれた身体。目つきはキツめだが凛《りん》とした顔立ちで、ソルディアス王太子とほぼ同じという長身だ。そして、一見は三十代前半な彼女だが、実年齢は四十五歳とヒイロ達より年上である。

そんな彼女は、娘が回復したと言う報告を受けて、飛んできたのだった。

「お母様、ありがとうございます。この通り元気になりました……これもヒイロ様のお陰です」

最後のヒイロ様という言葉とともに頬を赤らめる娘を見て、母であるスミテリアは『おやっ』と思いつつ、レクリアスから離れて嬉しそうに口角を上げた。

「あら、もしかしてレクリアスはヒイロ殿に興味があるのかしら？」

「えっ……そんな……まだ、お会いしたこともないのに……」

可愛く恥じらう娘に、スミテリアは優しく微笑む。

「もし本気なら、私があの人を落としたテクニックを伝授《でんじゅ》しましょうか？」

「ウォッホン！」

母の言葉にレクリアスは目を輝かせたが、それと同時に後方から、わざとらしい咳払いが聞こえてくる。

その咳払いにスミテリアは一瞬、不機嫌そうな表情を浮かべたが、すぐにそれを笑顔で隠した。

「あら、ごめんなさいねレクリアス。お父さんが何か用があるみたいだわ」

レクリアスに断りを入れてスミテリアが天蓋から出ると、扉の脇に立っていたソルディアス王太子がジト目で彼女を見つめていた。

「あまり、レクリアスを焚きつけないでくれないか」

レクリアスに聞こえないように配慮《はいりょ》された、ソルディアス王太子の小さな非難の声。しかしそれに動じず、スミテリアは小さく肩を竦めながら彼に近付く。

「別にいいじゃありませんか。レクリアスが初めて異性に興味を持ったのですから」

「いや、だからって君が指南《しなん》することはないでしょ。レクリアスは子供なんだよ、好きな異性なんてまだ早いんじゃないかな。第一、君みたいに積極的《せっきょくてき》に異性に言い寄るなんて、レクリアスらしくないよ」

クシマフ領領主の公爵《こうしゃく》の娘であったスミテリアに猛アタックを受けていた頃を思い出して、ソルディアス王太子は困ったような表情を浮かべる。しかし当の本人であるスミテリアは、意に介さずにフンと鼻で笑った。

「あなたはまたそうやって、レクリアスを箱に仕舞おうとして。少しはあの子の意思も尊重してあげなさい。でないと、終《しま》いにはレクリアスに嫌われますよ」

「ぐっ……で、でも、レクリアスはまだヒイロ君に会ったこともないんだし、それにヒイロ君は私と同い年なんだよ！」

「そんな年の差、王族や貴族の政略《せいりゃく》結婚では珍しくないではありませんか……って、あら?」

娘に嫌われるというワードで多少ダメージを喰らいつつも、それでも食い下がるソルディアス王太子。それに対して、徐々に言葉に怒気《どき》を含め始めたスミテリアだったが、彼がヒイロを君付けしているのに気付き、声を和《やわ》らげる。

「なんだ、『君』付けしてるなんて……あなたもヒイロ殿を気に入ってるのではありませんか」

「いや、確かに彼の人となりは素晴らしいけど……」

「あなたの人を見る目は確かですからね。そのお眼鏡《めがね》に適《かな》っているのなら、なんの問題もないじゃありませんか」

「いや、しかし……」

なおも食い下がろうとするソルディアス王太子の唇《くちびる》に、スミテリアが人差し指を押し当てて黙らせる。その彼女の視線は、夫や娘を見る時の優しいものから、一国の王太子妃としての鋭いものへと変わっていた。

「聞けば、ヒイロ殿はエンペラークラスを倒し、レクリアスの病状も一瞬で看破《かんぱ》して治してしまったとか……そんな優秀《ゆうしゅう》な人材を婚姻《こんいん》で縛れるのなら、願ったり叶《かな》ったりではないですか」

「きみは……娘を政略の道具にする気か！」

ソルディアス王太子の口調が困惑しながらも厳しくなると、スミテリアの鋭い目付きがフッと和らぐ。

「私は別に、本人が嫌がるなら無理強い《むりじ》いをするつもりはありませんよ。レクリアスは大事な娘ですもの。最初はこの国一の美人と名高いルンモンド伯爵の娘さんに、ヒイロ殿に嫁《とつ》がないか打診するつもりでしたし……でも、レクリアス本人も乗り気で、相手も乗り気になったのなら……」

言葉の最後の方で不敵な笑みを浮かべるスミテリアに、ソルディアス王太子は不穏なものを感じて慌てて口を開く。

「きみは一体何をする気……」

少し声が大きくなったソルディアス王太子を、スミテリアが再び人差し指を唇に当てて黙らせる。

「あなたはそういう所で押しが弱いのが玉《たま》に瑕《きず》ですね。そんなだから、元老院の老害《ろうがい》どもにいいようにされるんです」

「元老院のことは確かにそうだが……って、そういえばきみは、ヒイロ君や今の情報をどこから？」

先程から、昼間のバーラットとの会見で出たホットな話題を振ってくるスミテリアに、驚きの目を向けるソルディアス王太子。そんなソルディアス王太子に、スミテリアはキョトンとした表情を見せていたが、やがてそれを満面の笑みへと変える。

「フェスはなんでも話してくれるいい子ですから」

「ぐっ……あそこでの話題は他言無用《たごんむよう》と言っていたのに……」

「あの子は聡明《そうめい》ですから、話す相手は選びますよ。私には話しておいた方がいいと判断したんでしょう」

ソルディアス王太子は身内にスパイがいたことに愕然《がくぜん》としていたが、一方でスミテリアは勝ち誇ったように口元に手を当ててホホホッと高笑いをする。

そんな夫婦漫才のようなやり取りをしていた二人だったが、不意にスミテリアが真顔になる。

「元老院の件は本当に危《あぶ》なかったですわ。教会の株を上げ、国の信用を下げる可能性がありましたもの……でも、解決したメンバーにバーラット殿がいたのは不幸中の幸いでした」

「おい、それはどういう……」

「バーラット殿はSSランクの冒険者。バーラット殿は国から密命《みつめい》を受けて教会の作戦に参加した……ということにすれば、国の威信《いしん》は保たれます」

キッパリとそう言い放つスミテリアに、ソルディアス王太子が目を見開く。

「おいおい、真実を嘘で塗《ぬ》り固める気か？」

「あら、人聞きの悪い。嘘とは真実を言葉で捏造《ねつぞう》する行為。バーラット殿に事前に依頼したという事実をちょっとねじ込むだけなんですから、嘘とは言えないでしょう。バーラット殿を始めとしたあの方々に後で依頼の報酬《ほうしゅう》を払えば、なかった筈の出来事は事実となります」

「……きみってヤツは……」

ソルディアス王太子はその飄々《ひょうひょう》とした口調とは裏腹に、誠実《せいじつ》で嘘は苦手な為、搦《から》め手《て》が不得意な面があった。しかし、その妻であるスミテリアは謀略《ぼうりゃく》、策謀《さくぼう》にめっぽう長《た》けており、夫を裏から支えているのだった。

そんな最愛の妻に恐れとともに頼もしさを感じつつ、ソルディアス王太子は嘆息する。

「分かったよ。バーラットとそのパーティの面々には、後で瘴気拡大を止めた報酬を払っておくよ」

「ええ、お願いします。私は、その件をネタにして元老院の連中を追い込んでおきますわ」

そう言って楽しげに笑うスミテリアを見ながら、ソルディアス王太子は少し元老院の貴族連中を気の毒に思ってしまった。

「それよりも――」

元老院の連中をどうしてくれようかと笑っていたスミテリアが、再び表情を引き締めて言葉を続ける。

「話がそれてしまいましたが、ヒイロさんの件。本当に押さえておくべきだと私は思いますよ」

「いや、だからそれは……」

せっかく話がそれたのに、とソルディアス王太子が渋面を作ると、「あなたの心情はとりあえず置いときなさい」とその言葉を遮り、スミテリアが話を続ける。

「聞くところによると、バーラット殿のパーティの中には、トウカルジア国の者がいるという話ではないですか」

「えっ、ああ、レミーさんと言ったかな」

「あなたは、それに疑問を抱《いだ》かないいんですか？」

スミテリアの言葉に、ソルディアス王太子は首を傾げる。

「それは、どういう……」

「この国の冒険者には、他国出身の者も確かにいますが、その数はこの国出身の冒険者と比べればごく少数です。その少数の者がたまたま、ヒイロ殿とともに行動している……それが、偶然だと本当にお思いですか？」

妻の言わんとしてることに気付き、ソルディアス王太子がハッとして目を見開く。

「まさか……ヒイロ君の監視の為に？　でも、どうして……」

「エンペラーレイクサーペント……その住処《すみか》であるイナワー湖は、国境からあまり離れていません。だから、トウカルジア国がその存在を監視していた可能性は十分あります。そして、ある日その存在が突然消えたら……」

「エンペラーの消失に、ヒイロ君が絡《から》んでいることがトウカルジア国に掴まれていると？」

ソルディアス王太子の問いに、スミテリアは自信ありげに頷いてみせる。

「でも、だったら何ですぐにヒイロ君を自国に連れて行かなかったんだい？　仲間に潜り込むなんて回りくどいことをしなくても……」

「監視といっても国境外。直接監視していたわけではないでしょう。エンペラーレイクサーペントの消失を確認して調査を開始し、ヒイロ殿に行き着いたとして、既にヒイロ殿がバーラット殿と冒険者をしていたら……あなたなら、力ずくで自国に連れてくるなんて手段を使いますか？」

スミテリアの問いかけに、ソルディアス王太子はブンブンと首を左右に振る。

「そんな愚行《ぐこう》は絶対にできないね。エンペラークラスを倒したかもしれない相手に力ずくなんて手段を使って、敵対心を持たれたりしたらたまったものじゃない。それに、国公認の冒険者が一緒なら、下手をすれば国家間レベルで遺恨《いこん》を残してしまう」

「その通りです。ですから、まずはヒイロ殿の信頼を得る。そういう手段に出たのではないかと私は考えてます。そして、ヒイロ殿は冒険者。ヒイロ殿にトウカルジア国に行きたいと思われても、私達に止める手段はありません」

「無理に止めたら、それこそ敵対心を持たれそうだしねぇ……」

情けない声でそう語るソルディアス王太子に、スミテリアはよくできましたと言わんばかりに満面の笑みで頷く。

「トウカルジア国に行くとしたら多分、バーラット殿も一緒でしょう。だとすれば、少なくともSSランクの冒険者であるバーラット殿は国に確認を取ります。その時に快諾《かいだく》すれば、ヒイロ殿のこの国に対する印象は悪いものにはならない筈。そして、絶対にこちらに帰ってくるという確信が持てる要因が得られれば、私達は安心して送り出せるというものです」

「ふう……その為にヒイロ君に鎖《くさり》を付けておきたいと？」

「ええ、そうです。まぁ、本丸を押さえきれなかった時の為に、搦め手も考えておきますけどね」

二手、三手先も考えて手を打とうとする妻に、ソルディアス王太子はただただ苦笑いを浮かべていた。

# 第11話　友人の息子

ヒイロがレクリアスを治してから、一夜明けて翌日。

バーラットは一人、貴族街の外れのそのまた外れにある、一軒の屋敷の前に立っていた。

その屋敷は、形こそ屋敷の様相を保っていたが、建坪《たてつぼ》は普通の民家の二倍程の小ぢんまりとしたもので、庭も猫の額という形容がぴったりな程狭い。

その狭い庭に申し訳程度に咲いている薔薇《ばら》を見て、バーラットは顔をしかめた。

「ん？　庭が荒れ放題だな……薔薇の手入れがあいつの唯一の趣味《しゅみ》だった筈だが……」

バーラットの記憶では、門と屋敷の玄関を結ぶ五メートル程の石畳の通路の両脇にある薔薇の生垣《いけがき》は、いつ来ても綺麗な楕円《だえん》の形を保っていた。しかし今、その薔薇の生垣は不規則に歪み、好き放題に伸びている。

この屋敷の主はセンストールである意味トップクラスの没落《ぼつらく》貴族、デルロッド男爵《だんしゃく》。

没落したことを気にも留めず、貴族の誇りを捨て貧乏ながら好きに生きていたこの男爵と、バーラットは馬が合った。かつてバーラットがセンストールで活動していた短い期間に、よく一緒に酒を飲む程の仲だったのだ。

そして、没落していても貴族は貴族、デルロッド男爵が呪術事件の噂を耳にしているのではないかと一縷の望みをかけて、バーラットはここに足を運んだのである。

バーラットが完全に荒れてしまっている庭を不審がりながら、屋敷の玄関先まで行ってノッカーを鳴らすと、少しして扉が開かれる。

油を差していないのか、ギギィ～という不快な音とともに開かれた扉の向こうには、十代後半くらいの青年が立っていた。

身長はバーラットの胸程、痩せ型で頼りなさそうなその青年は、バーラットを見て一瞬、怪訝《けげん》な表情を見せる。しかしすぐに、何かを思い出したように目を見開いた。

「ああ、昔、父とよくお酒を飲んでいた冒険者の……」

「バーラットだ」

言葉に詰まった青年に続けるようにバーラットが自己紹介すると、青年は「覚えています」と笑みを零した。

バーラットも、青年の面影には見覚えがあった。バーラットの昔馴染みであるここの主の息子だ。もっとも、バーラットの記憶の中では十歳くらいの少年ではあったが。

「確か……」

「クラリトス・カナス・デルロッドです」

「そうだそうだ。クラリトスだったたな。で、親父さんはいるか？」

バーラットがそう尋ねると、クラリトスは笑みを浮かべた口元はそのままに、目を悲しげなものに変えて静かにかぶりを振った。

「父は二ヶ月前に亡くなりました。今は私が男爵位を継いでいます」

「何！　本当か！」

驚くバーラットに、クラリトスは小さく頷く。

「最近、この街で流行《はや》っている病《やまい》にかかり……」

クラリトスの消え入るような言葉に、友人が呪術で亡くなったことを悟《さと》ったバーラットは、視線を下げつつ怒りで奥歯を噛み締める。

（くそっ！　姪を苦しめたばかりか、友人の命も奪っていたとは……）

改めて呪術士への怒りを燃やし、バーラットは本来の目的を果たすべくクラリトスに向き直った。

「それは、惜《お》しい人を亡くしたな……ところで、クラリトス。不躾《ぶしつけ》で申し訳ないんだが、財務統括のナリトセス侯爵の息子について、何か聞いたことがあるか？」

バーラットの突然の問いに、クラリトスは小首を傾げたが、思い出したかのようにポツリと言葉を紡《つむ》ぎ出した。

「最近、彼の幽霊が出るという噂は聞いたことがありますが……」

「そうか、知ってるのはそのくらいなんだな。ならいいんだ、突然訪問してすまなかった」

クラリトスの言葉がそこで止まったことで、バーラットは街の噂以上のことは知らないなと判断し、会話を打ち切ってこの場を離れようとした。しかしそんな彼を、クラリトスが止める。

「あっ、バーラットさん。一つお願いがあるのですが……」

「ん？　何だ？」

他ならぬ友人の息子からの頼みとあって、バーラットが踵を返すのをやめると、クラリトスはモジモジしながら話し始めた。

「実は、父のためにと探し、やっと手に入れた薬があるのです。遠い南方から取り寄せた為に、届いた頃には父は亡くなっていたのですが……今この薬を使ってあげたい方がいるのです」

「ん？　ならば持っていけばいいじゃないか」

「相手は伯爵家のお嬢さんなんです。男爵の僕が行っても門前払《もんぜんばら》いされそうで……」

彼が病だと思っている症状の原因は魔法生物。薬など効くわけがないと思いつつも、その情報は伏せるバーラットの言葉に、クラリトスは更にモジモジしながら答える。

その男らしくない態度に正直ちょっとイラッとする。だが同時に、そのお嬢さんとやらに惚れてるんだなとピンときて、クラリトスに話の先を促した。

「バーラットさんは確かSSランクの冒険者でしたよね。そのバーラットさんの言葉なら、伯爵家の方も耳を傾けてくれるのではないかと思っているんです」

「う～む。話を通すのは構わんが、冒険者も信用商売。効く保証のない薬を効くとは口が裂けても言えんぞ」

「はい。話さえ通していただければ、後は僕が責任を持ちます。ですから、一緒に来ていただけませんでしょうか」

懸命《けんめい》なクラリトスの態度に、バーラットは苦笑いを浮かべながら頭を掻いた。

（正直面倒臭いが、呪術にかかった伯爵家の令嬢《れいじょう》か……何か情報が得られるかもしれんな）

バーラットはそう考えると、一つ頷く。

「よし、分かった。付いていってやろう」

そんな彼の返事に、クラリトスは喜んで「すぐに準備をしてきます」と屋敷の奥へと引っ込んでいった。

「――ところで、親父さんが亡くなって、家の方は大丈夫なのか？」

屋敷を出発して貴族街の綺麗な石畳の上をある程度歩いたところで、バーラットが心配しつつそう話題を振ると、クラリトスは笑みを湛えながら振り向いた。

「はい。この間までは国から出る貴族手当だけで細々と生活していたのですが、最近、城で働く貴族達が沢山病気で休んでいるようで、僕にも城での働き口ができそうなんです」

貴族手当とは、年一回国から貴族に出る手当のことで、貴族然とした最低限の生活を守る為、という口実の下に生まれた支給制度だ。

しかしその実態は、かつての元老院が私腹《しふく》を肥《こ》やさんとして力押しをしたことで生まれたものだった。よって、元老院に属するような上級貴族にはそれなりの金額が支給されているが、下級である男爵には、普通の生活すらままならない程度の金額しか支給されていなかった。

故に、貴族であるというプライドのために平民と同じ職に就《つ》けない下級貴族は、事業を興《おこ》すか国に関する職に就くかしてある程度の金を稼がないと、没落していく一方なのである。

その点で言えば、貴族の誇りなどとうに捨てていたバーラットの昔馴染みは、裏での商人との取引で小銭を稼いで生活できていた。ところが頼りなさそうなこの少年は、父親と同じ稼ぎ方はできないだろうと、バーラットは心配していたのだ。

そのため、城での働き口が見つかりそうだと聞いて、ひとまず安心したのだった。

「そうか、それはよかったな。ところで、目的の伯爵家というのは誰のことなんだ？」

もうだいぶ歩き、そろそろ着くのではないかと思ってバーラットがそう聞くと、クラリトスは顔を真っ赤にして俯きながら「ルンモンド伯爵様です」と呟いた。

「ルンモンド伯爵？　というと、お前が薬を渡したいというお嬢さんは、国一番の美人と名高いあのお嬢様か！」

驚くバーラットに、クラリトスは身を縮めながら小さく頷く。

「かー！　また随分な高望みを！　しかし、あのお嬢さんが病に臥せってるなんて話、聞いたことがないが？」

ルンモンド伯爵家の令嬢は、その美貌《びぼう》で有名だ。それ故に病に臥せっているとなれば、噂にならない筈がないのだが、そんな噂をバーラットは聞いたことがなかった。

「それは……ルンモンド伯爵様が、自慢の娘が病気にかかったなんて噂を立てられたくないと、隠しているそうです。僕は、ルンモンド伯爵様のお嬢さんが随分と姿を現してないので、心配になって方々に確認したから分かったんですけど……」

（ふ～ん……ルンモンド伯爵としては、大事な政略道具の娘にケチが付くのを恐れて躍起《やっき》になって隠したわけか……しかし、そこまでして伯爵が伏せた情報を、こいつはどうやって手に入れた？）

巷《ちまた》に流れなくても貴族間で何らかの情報共有でもしているのだろうか、とバーラットが考えていると、クラリトスが急に顔を上げて前方を指差した。

「あっ、あの屋敷です」

バーラットがクラリトスの声に促されて指差す方に目を向けると、大きな屋敷が見えた。

「アレか……って、なんだぁ？」

目的地を見据えたバーラットの目に、その門扉《もんぴ》から土煙《つちけむり》が上がるのが映る。

よく目を凝《こ》らすと、白いローブ姿の女性が走っている為に生まれた土煙であることが分かった。そして奇妙なことに、その右肩には誰かの尻が乗っており、そこから下方向に伸びた足が激しく揺《ゆ》れている。その女性の爆走《ばくそう》が、かなり乱暴であることが見て取れた。

「……アレは……」

バーラットは、その女性に見覚えがあった。宮廷魔導師のテスネストである。

そして必然的に、肩に担《かつ》がれている人物が誰か分かったバーラットは、呆れて言葉を失った。

「だぁぁ！　テスネストさん、ちょっと移動が乱暴すぎます！」

「患者が待っているんです！　少し我慢《がまん》してください！」

「私は黄色いマスコット的人気キャラクターじゃないんですから、肩に乗せられても可愛らしくなんかないです！　自力で歩けますから降ろしてください！」

「この方が速いんです！　見た目など気にしていられません！」

近付くにつれて大きくなってくる二人の声を、バーラットは頬を引き攣らせながら聞いていた。そしてすれ違いざまに、顔を上げていたヒイロと目が合う。

「あっ！　バーラット！　このペースなら明日の夜までには全て回れそうです！」

「……そうか、頑張ってくれ」

あっという間に通り過ぎていったヒイロに、バーラットの呆れたようなエールが聞こえたのかどうかは不明だった。

バーラットが呆然と二人を見送っていると、バーラットに輪《わ》をかけて唖然としていたクラリトスが口を開く。

「今のは一体……」

「俺の知り合いだ。あの二人があの屋敷から出てきたということは……その薬、使う必要がなくなったようだぞ」

「えっ！」

驚くクラリトスに、バーラットは視線を向ける。

「あの二人は、恐らくルンモンド伯爵のお嬢さんと同じ病状だったレクリアス姫を治した二人だ。その二人があの屋敷から出てきたということは……」

「くっ！」

バーラットの話を聞き終わらない内に、クラリトスは悔しそうに顔を歪めながら手に持つ薬瓶を地面に思いっきり叩きつける。ガシャンという甲高い音が辺りに響いた。

気が弱そうだった青年の突然の変貌に、バーラットは怪訝そうにしながら声をかける。

「おいおい、勿体無《もったいな》いな。安い薬じゃなかったんだろ。それに、お嬢さんには使えなかったが、他にもその薬が必要な人はいくらでもいたんじゃないか？」

「ルンモンド伯爵のお嬢さんに使ってもらえなければ、こんな薬、何の価値もありません！」

吐き捨てるようにそう叫ぶ青年を、バーラットは冷ややかに見つめるのだった。

# 第12話　忍の実力

「収穫はなしか……」

バーラットがクラリトスと会った翌日、情報収集を始めて三日目の夜。

一行はこの日も調査に出ていたが、死んだ筈の貴族の目撃情報は出てきても、肝心《かんじん》の呪術士の情報は全く得られなかった。

その成果に、ベッドに座るバーラットは落胆しながら小さく呟く。

バーラットの部屋に集まっている他のパーティメンバーも、心なしか表情が暗い。

特に、情報収集に自信を持っていたレミーは部屋の隅《すみ》に立ち、完全に落ち込んでしまっていた。

「本当に呪術士は街にいるんでしょうか？　街での聞き込みは勿論、裏の事情に詳しい人にまで一通り当たってみましたが、その影すら掴めない感じですぅ」

「ううむ……普通に考えれば、目撃情報くらいはありそうなものだが……」

レミーの言う『裏の事情に詳しい人』についてはあえて触れずに、バーラットは頭を掻きながらため息混じりに答える。

「でも、ただですら数少ない目撃者は皆、死んだ筈のナリトセス侯爵の息子しか見てないみたいですよ」

「うん。今回の奇病《きびょう》は、若くして死んだそいつの無念が原因じゃないかって話まで出てきてたよね」

「ふん、かつての人格者が今回の事件の首謀者《しゅぼうしゃ》にまで成り下がっちまってるのか」

椅子に座り言葉を挟んだネイの言葉に、その肩に乗るニーアが面白おかしくゴシップネタを披露《ひろう》する。そのトンデモな説に、バーラットはやれやれと肩を竦めた。すると、その会話に反応してレミーが顔を上げる。

「あっ、ナリトセス侯爵の息子さんといえば、国一番の美人と言われているルンモンド伯爵の娘さんとの婚約《こんやく》寸前で亡くなったって話ですね。なんでも貴族間では珍しい、相思相愛《そうしそうあい》で両家も納得済みの婚約だったらしいです」

「えっ、そうなの！　だったら無念なのも頷けるわね」

「え〜。でも、無念だからって辺り構わず呪術を撒《ま》き散《ち》らすの？」

レミーが仕入れていたゴシップネタを話すと、ネイとニーアもノリノリになる。

「それだけ無念だったんじゃないかな」

「でも、その呪術はルンモンド伯爵の娘さんもかかっていますよ、ネイさん」

「そうなの、レミー？　だったら、『君もこっちに来て、死後の世界で一緒になろう』とか言ったのかな」

ネイのそんな言葉に、ニーアは顔を引き攣らせる。

「うっわ、そんなの、生きてる側からしたら迷惑《めいわく》以外のなにものでもないじゃないか。本当にそんなことしてたら、そいつ完全に悪霊化《あくりょうか》してるよ」

「分かってないなぁニーア。本当に愛し合ってたら、死んででも一緒になりたいものだよ」

そんな大恋愛などしたこともないのに、想像だけでそう言い切るネイに、二人が「おおっ」と感嘆の声を上げる。あーでもないこーでもないと話を広げていく女性陣に、どうやって話を戻そうかと頭を悩ませていたバーラットだったが、誰かが階段を上ってくる気配を感じて意識をそちらへと向けた。

レミーもそれを察したようで、一人会話から外れドアの方へと視線を向ける。

なんせ、呪術を使うような者の情報収集をしているのだ。探っていることを相手に気付かれていてもおかしくはない。

そして、そんな相手に邪魔《じゃま》だと思われたら、宿の襲撃《しゅうげき》ぐらいはされるだろうとバーラットとレミーは思っていた。

「誰だと思う？」

まだガールズトークを続けているネイとニーアの声を聞き流し、バーラットがレミーに話しかけると、彼女はその鋭い視線をフッと緩める。

「少なくとも敵ではないようです。殺気は感じられませんし、足音にも忍び寄るような感じはありません……というか、だいぶフラついているみたいですから」

「フラついてる？　酔《よ》っ払《ぱら》いか？　やれやれ、俺も早く一杯やりたいもんだ」

緊張を緩め、この後の晩酌《ばんしゃく》に想いを寄せ始めたバーラットだったが、そのフラついた足音は彼等の部屋の前で止まり、同時にドアがノックされた。

バーラットはレミーとアイコンタクトを取りながら、「誰だ？」と短くも鋭い声を発する。

「バーラット……やっぱり帰ってましたか……私です」

「……ヒイロか？」

息も絶《た》え絶《だ》えな聞き覚えのある声が返ってきて、バーラットがすっとんきょうな声を上げると同時に、レミーがドアを開ける。

その向こうには、普段の猫背気味の背中をめいっぱい丸めて、両腕をダランと下げ、疲れきった表情をしたヒイロの姿があった。

髪はボサボサで目の下に濃いクマを作っているヒイロの姿に、バーラットやレミーは勿論、熱心に話し込んでいたネイとニーアも目を丸くして硬直する。

そんな一同に、ヒイロは「やあ」と力なく手を上げてから――

「いやはや……二日間不眠不休で何とか全員の所を回ってきました……」

と、一言報告してバタリと前のめりに倒れた。

「ちょっ！　ヒイロってば、大丈夫⁉」

突然倒れたヒイロに驚いたニーアだったが、彼に近付いてひとしきり様子を窺った後で

「ハハッ」と乾いた笑みを浮かべながら皆の方に視線を向ける。

「ヒイロ、寝てるよ」

ニーアの報告に、全員がホッと胸を撫で下ろす。

「よかった。ヒイロさん、いきなり倒れるから死んだかと思ったよ」

「二日間働き詰めでは、眠かったんでしょうね」

「……さすがのヒイロも睡眠《すいみん》不足には勝てなかったんだな」

バーラットのやれやれといった口調に一同が苦笑いを浮かべると、彼は静かに立ち上がる。

「ヒイロは俺が部屋に運んどくから、今日は解散だな」

そう言ってヒイロの元へ歩み寄ったバーラットは、彼の襟首を掴んで持ち上げると、足を引きずるように廊下に出る。そしてそのままヒイロの部屋に入り、無造作《むぞうさ》にポイっとベッドに放り投げた。

他の面々は乱暴な運搬《うんぱん》方法に頬を引き攣らせていたが、やがて、各々の部屋へと引き上げていったのだった。


その夜。

ベッドに入っていたレミーは、深い眠りに落ちる前に静かに起こされた。

「……んん？」

「……こんな夜更《よふ》けに一体……って、決まりきってますよね」

【気配察知】にはまだ反応はないが、水に落とした絵の具のように不明瞭《ふめいりょう》で薄い敵意を感じて、モソモソとベッドから身を起こす。

（やっぱり昼間の情報収集で、誰かにこちらの存在を気付かれたのでしょうか？　だったら、結構危ない人達にも聞き込みした甲斐《かい》がありましたね）

無地のシャツにパンツ姿の彼女は、ベッドから出した足をゆっくりと床につけて立ち上がると、ニィッと口角を上げた。

裏の人間への情報収集は、表で得られない情報を得る為というよりも、犯人に自分達を意識させる為のものだった。

バーラットが早く事件を解決したいと言っていた為に、あえて危ない橋を渡ったのである。

（敵がわざわざこちらに来てくれたというのなら、その正体に近付く絶好《ぜっこう》のチャンスです）

そう考えながら、眠気覚《ねむけ》ましに伸びをするレミー。その時には既に、服装は黒装束《くろしょうぞく》へと変わっていた。


月を厚《あつ》い雲が覆い隠し、深い闇に閉ざされた夜。
・・・その者達は建物と建物の合間の細い路地《ろじ》に身を潜《ひそ》め、大通りを挟んだ向かいの宿へと視線を向けていた。
数は五人。その内三人は若い男で、黒い服装に黒く塗られた革製の篭手《こて》と、明らかに闇《やみ》討《う》ちに対応した軽装を身につけていた。残りの二人はレミーと同じ黒装束に身を包み、目元しか見えない為に性別すら判別がつかない。

「どの部屋だ？」

「二階の左から三番目の部屋です」

直立不動で腕を組んでいる黒装束の一人の質問に、その前で身を屈《かが》めていた軽装の男の一人が、部屋を凝視しながら慎重に答える。黒装束の二人組の方が、残りの三人より立場的に上らしかった。

「ふむ……気配の感じからすると、部屋で寝ているようだな」

「魔法の実力はかなりのものと聞いていたが、所詮《しょせん》は魔道士。我等の気配に気付く筈もあるまい」

黒装束の二人が楽しげにクスクスと声を殺して笑い合い、残りの三人もそんな二人に同調するようにニヤリと下卑《げび》た笑みを零す。

「今回の報酬はかなり高かったから手強《てごわ》い相手だと思ったが……どうやら容易《たやす》い仕事のようだ」

「魔道士など、呪文が完成する前に間合《まあ》いに入ってしまえばただの人だからな」

「この様子だと呪文云々以前に、我等に気付くことすらなさそうだな」

黒装束の二人が互いに目配せをして、片方が顎で軽く宿の方を指し行動開始の合図を送ると、軽装の男三人が足音を殺して建物の隙間《すきま》から道路へと足を踏み出す――次の瞬間、男達はその場でばたりと倒れた。

「「!?」」

黒装束の二人は突然の出来事に驚きながらも、腰の短刀を抜いて背中合わせになることで、互いの死角を殺して辺りの様子を窺う。

決して倒れた三人の下へは向かわない。そんなことをすれば、倒れた原因が分からない自分達も彼等の二の舞になるのは明らかだからだ。

「だ……誰だ！」

「……はぁ～……闇討ちしにきた相手にそんな質問をするんですか」

黒装束の一人が発した小声ながらも鋭い一言に対し、明らかに落胆した声とため息が路地の奥から返ってくる。

咄嗟にそちらに身を向け短刀を構える黒装束の二人だったが、相手の姿は勿論、気配すら感じられない。簡単な仕事だと思っていたのに、得体の知れない襲撃者に襲われて身の危険を感じた二人は、冷や汗をかきながらその目に怯えの色を見せ始める。

「ターゲットの近くで無駄話を始めた上に、仲間を攻撃されても何が起きたか気付かない……」

今度は後方の大通りの方から声が聞こえ、二人は慌てて身体を反転させた。しかし、やはりその姿を見つけられず、不安げにキョロキョロと辺りを見渡す。

「その姿、同窓《どうそう》だと思ったんですが、出来の悪さからすると、試験段階だった一期から三期の卒業生ですかね？」

今度は自分達の真後ろのすぐそばから声が聞こえ、二人は硬直した。完全に背後を取られては、迂闊《うかつ》に動くことはできなかったのだ。

「ふぅ……蒔《ま》いた種が実ったと思ったんですが、目当ての部屋からすると、ターゲットはヒイロさんだったんですね……まぁ、当然ですよね。自分を嗅《か》ぎ回る私達より、呪術の効果を無効化してしまうヒイロさんの方が、犯人からすれば邪魔でしょうから……」

ガッカリしたように呟きつつ全く隙を見せない相手に、黒装束の二人は震えながらその正体を探ろうとする。

「だ……誰だ……」

「同窓ということは、忍者学校の卒業生か？」

「はい。第十五期卒業生筆頭《ひっとう》。レミーです」

「「なっ！」」

相手を屈服《くっぷく》させる為にわざと名乗ったレミー。

その効果は抜群《ばつぐん》だったようで、黒装束の二人はそれを聞いた瞬間に短刀を手から離し両手を挙げた。

世界で初めて魔法と忍術を融合《ゆうごう》させた忍者学校は、年々質を上げている。これは、学校の卒業生が実践《じっせん》を積んだ後で教師として戻ってきて、その技術と心構えを後輩に教えるということを繰り返してきたためである。

故に、先輩からの教えを受けていない一期から三期の卒業生は、隠密《おんみつ》能力こそそこらの暗殺者より優れていたが、魔法の忍術への応用などの技術はない。そのために、それ以降の卒業生に比べると、力量に天と地ほどの差があった。

それでも、初期卒業生の中には復学して技術を学び直すような向上心のある者もいたのだが……この二人はそうではなかったようだった。

その証拠に、路地の奥に降り立ったレミーに気付かず、痺れ薬が塗られた黒い苦無《くない》を投げられても視認できていなかった。そればかりか、声を風の魔法に乗せて全く別の場所から聞かせるという初歩的な忍術すら看破できなかった。

「十五期筆頭……そんな奴が何故……」

「た、頼む！　助けてくれ！」

「だったら、依頼人の名前を喋《しゃべ》ってくれますか？」

レミーの提案に、二人は更に大きく動揺しながらも口をつぐんだ。そんな様子に、レミーは笑みを零す。

「ですよね。忍者学校の卒業生としても、闇で生計を立てる者としても、さすがに依頼主の名は言えませんよね」

レミーの冷淡《れいたん》な口調に、黒装束の二人は「うぐぐっ」と言葉を詰まらせる。

「同窓の先輩ってことで、少しは楽しめると思ったんですけど……当てが外れたみたいですし、目的くらいはサッサと片付けてしまいたいんですけどね」

冷ややかに続けられるレミーの言葉に、黒装束の二人組の片方が頭に血を上らせる。

「ふざけっ――」

ふざけるな、そう叫びながら袖口《そでぐち》に忍ばせていた苦無を掴み、振り向きざまにレミーに突き刺そうとした黒装束。しかし振り向きざまにポトリと首が落ち、反撃どころかセリフを言い終わる前に絶命《ぜつめい》した。

「なっ！　……」

残った黒装束は、首を失い崩れるようにその場に倒れる相棒を見て青ざめながら言葉を失う。

「自分の首に鋼糸《こうし》が巻かれてたことに気付かなかったなんて、本当にお粗末です。貴方は勿論、自分の置かれている状況が理解できてますよね」

レミーに確認され、コクコクと頷く黒装束の生き残り。そこでようやく、自分の首にも視認できない程の細い鋼の糸が巻かれていることを悟り、目を恐怖に大きく見開いた。

「依頼者は？」

「し……知らない……」

もう一度、確認するように聞いたが返答が変わらなかったため、レミーは手に持つ鋼糸の先端を顔色も変えずに軽く引っ張る。首にわずかな圧迫感《あっぱくかん》を感じて、黒装束は慌てた。

「本当に知らないんだ！　俺達に接触してきたのは代理人で……」

そんな言葉はそこで途切れる。身体から首が離されては、それ以上喋ることができなかったのだ。

「まったく、本当にお粗末な方々です。依頼人も調べずに依頼を受けるとは……これが私の先輩だと思うと情けなくなりますね」

レミーはガッカリしながら、動かなくなった二つの屍《しかばね》に向かって手をかざす。

「グランドフォール」

無詠唱で発動された魔法は、二つの死体の下に大きな穴を開ける。そしてそれは死体を呑み込むと、すぐに塞がった。

「これで、後始末はオッケーですね。まったく、ヒイロさんを殺されては困るんです」

綺麗に塞がった地面を満足げに見ながら、レミーは両手を上下に交差させるように二回、パンパンと手を軽く叩く。そして大通りに倒れた三人の男へと視線を向け、そちらへと歩を進めた。

「後はあまり期待できませんが、痺れさせていたあの三人にも聞き込みをしますか。深夜とはいえ、誰か通行人が来たら厄介ですし……」

そこまで言いながら、路地から大通りへと歩み出たレミーの足がピタリと止まる。その顔はありえないと言わんばかりに大きく引き攣っていた。

「よう、ご苦労なこったな」

なぜならば、いつの間にか現れたバーラットが、建物の壁に背を預けながら、彼女の背中に向かって声をかけたからだ。

「バ……バーラットさん！」

驚いて振り返るレミーに、バーラットは「よう！」と答えつつ意地の悪い笑みを浮かべた。

「ど、どうして？　私の【気配察知】にも引っかからずに……」

「なぁに、世の中には気配を完全に消せる便利な道具があるのさ。まぁ、動いたらその効果は消えちまうんで、ちと使いづらいがな」

「じゃ、じゃあ、もしかしてバーラットさんはずっとここに？」

動揺するレミーに、バーラットはコクリと頷いてみせる。

「……何故？」

「こいつらに気付いて、あらかじめここで待ち伏せしてたんだが、そしたらお前が現れたんでちょっと様子を見てた。しかし……デキるとは思っていたが予想以上だったな、お前さんの実力は」

「は……ははっ……」

隠していた実力の一端《いったん》を見られたレミーは、乾いた笑いで必死に誤魔化《ごまか》そうとしていた。

そんな彼女にバーラットは言葉を続ける。

「で、どういうことだと思う？」

「ど、どど……どういうこととは？」

笑って誤魔化せないだろうかと冷や汗を流すレミーに、バーラットが真顔になって尋ねると、彼女はあからさまに動揺を見せた。

「黒幕のことだよ」

「あっ、ああ、そっちのことですか」

自分のことを聞かれたわけではないと分かりホッとしたレミーは、とりあえず心を落ち着かせてバーラットと向き合う。

「暗殺者を雇《やと》う手口。代理人を使って自身は出てこない用心深さから考えれば、恐らくはある程度の地位がある方かと」

「だろうな。多分、貴族だろう」

「貴族……では、バーラットさんは今回の事件の黒幕が貴族だと？」

「さてな。実行犯の呪術士を貴族が利用してるのか、それとも、利用しているつもりで利用されているのか……それを判断するには情報が少なすぎる」

そこまで言ってバーラットは、チラッと倒れている三人組へと目を向けた。

「ところで、あの三人はどうするつもりだ？」

「それは……」

「どうせ、下《した》っ端《ぱ》のあいつらじゃ大した情報は出てこないだろう。襲われた証拠になるし、警備《けいび》兵の詰め所に連れていっていいか？」

「あっ、はい。どうぞ」

どうせあの三人は自分の姿を見ていないし、自分の名前も聞いていないからと簡単に了承するレミー。

そんな彼女の心の内を見抜いて、バーラットは苦笑いを浮かべながら倒れている三人へと歩み寄る。

「そうか。じゃあ連れてくぞ」

「はい。どうぞどうぞ」

了承を得たバーラットは三人の襟首を右手だけで掴み、引きずるようにして歩き始める。

それをレミーは笑顔で手を振って見送った。

そんな気配を背中で感じながら、バーラットは考える。

（予想はしていたが、思った以上に手練《てだ》れだったな……それに、人を殺すのにもためらいがない。あの歳であそこまで割り切れるとは……レミーの卒業したという学校は一体、どんな所だったんだ？　気を許す相手には嘘をつけない、悪い子じゃないんだがなぁ）

疑問もなくあのように教育されたとしたら……レミーの生《お》い立ちに若干同情しながら、バーラットは証拠品を引きずりつつ、人気《ひとけ》のない闇夜の大通りを一人歩いていった。

# 第13話　褒賞《ほうしょう》

「えっ、また城に行くんですか？」

翌日、昼過ぎに起きてきて宿の食堂で食事をしていたヒイロは、パンを口に運ぶ手をその途中で止めて声を上げた。バーラットが、午前中に城から来た使いの者の話を伝えたからだ。

「うむ、恐らくヒイロへの褒賞《ほうしょう》の件だろう」

「褒……賞……？」

キョトンとするヒイロに、一緒に食事していたネイとレミーが苦笑いを浮かべ、バーラットとニーアはやれやれと深いため息をついた。

「ヒイロはいっぱい、呪術をかけられた人を助けたんでしょ。それ、全部タダ働きでやるつもりだったの？」

足を伸ばしてテーブルに座り、一欠片のパンを両手で持って齧っていたニーアがジト目で睨み付けると、ヒイロは「ああっ、それのことですか」と納得がいったように頷く。

「いやはや、助けることばかり考えていて、褒賞なんて全く頭にありませんでした」

「はぁ～……確かにレクリアスの治療は頼んだが、そのまま他の患者全てを回るとはさすがに想定外だったぞ。俺はてっきりレクリアスを治した時点で、報酬の話になると思っていたからな」

「はっはっはっ、テスネストさんの熱意に押され、一緒に患者さんを救うことに躍起《やっき》になってましたからね。報酬なんて、すっかり頭から抜けていました」

バーラットに呆れたように言われて呑気に笑うヒイロに、レミーが真摯な視線を投げかける。

「ヒイロさん、お金は大事です。冒険者はいつのたれ死んでも不思議ではない職業ですから、貰《もら》えるものはしっかり貰っておかないと！」

収入があれば実家に仕送りをしているレミーがお金の大切さを諭《さと》すと、ヒイロは浮かべていた笑みを引き攣らせながらコクコクと頷いた。

昼食を済ませた一同は城へと向かう。

話は通っているようで、バーラット達を確認した門番はすぐに彼等を城内へ入れた。そうして兵士に案内されて通された場所は、先日国王と対面した個室だった。

「おお、やっと来たか。朝、使いをやったのに全然来ないからどうしたかと思ったぞ」

部屋の中で待っていたベルゼルク卿が、ヒイロ達が部屋に入ってきたのを確認して笑みを零す。

「すまんな。ヒイロが起きてきたのが昼過ぎだったから、こんな時間になっちまった」

「まるで私が悪いみたいな言い方ですねぇ……二日も休みなしで街を駆けずり回ったんです、なかなか起きられるものじゃないですよ。テスネストさんだってそうだったでしょ？」

　自分の正当性を認めさせるためにテスネストの名を出したヒイロだったが、ベルゼルク卿はその問いに対して苦笑いを浮かべた。

「テスネストなら、城に帰ってきてからすぐにベッドに倒れるように眠りに就いたんだが、今朝《けさ》は日が昇る前に起きて魔法研究室にこもっているぞ」

「……へ？」

　てっきりテスネストも自分と同じように長時間爆睡《ばくすい》したものと思っていたために、ヒイロが間抜けな声を出すと、ベルゼルク卿は困り顔で話を続ける。

「なんでも、ヒイロ殿の治療法は全て魔法だったから、自分でも似たような魔法が使えるのではないかと研究中らしいのだ。帰ってきたばかりなんだからまだ休んでいろと言ったんだが……呪術士が捕《つか》まっていない以上、新たな被害者がまた出るだろうから時間が惜しいと、言うことを聞かんのだ」

「……二日間一緒にいて分かっていましたが、本当にパワフルな方ですねぇ……」

　テスネストの現状を聞き、その熱意にヒイロが唖然としているところで、部屋の扉が勢いよく開かれた。

「ヒイロ殿、よく来てくれた」

扉の向こうから現れたのはバルディアス王とソルディアス王太子。

二人は部屋に入ってくるとバラディアス王は和やかに、ソルディアス王太子は若干渋面を作りながらヒイロの正面に立った。

「本当は、謁見の間で大々的にヒイロ殿の功績を称えたかったんだがな。こんな所で申し訳ない」

「いえ、そんな緊張を強いられる所に呼ばれるより、よっぽどありがたいです」

バルディアス王の謝罪にヒイロが応えていると、脇に立つバーラットが深刻そうな顔で口を開く。

「謁見の間を使わなかったのは、昨夜の襲撃者の件があったからか？」

「うむ。あの者達を雇ったのはほぼ間違いなく貴族だろう。とすれば、城内で働く貴族もその容疑者《ようぎしゃ》として疑《うたが》わなくてはならん。そんな貴族達の目に、ヒイロ殿を晒したくはなかったのだ」

「相手はヒイロ君をただの高位魔導師と思ってるみたいだから、余計な情報を与える機会は極力《きょくりょく》減らした方がいいと思ってね」

珍しくどこか不機嫌なソルディアス王太子がバルディアス王の言葉に続けると、バーラットは彼の方に視線を向ける。

「だったら、別に褒賞金を使いの者に持たせればよかったんじゃねぇのか？」

「そんなわけにはいかないよ。民を救った者に王族が褒賞を与えたという事実は必要だからね」

「かっ！　それだけのために俺達を城に呼んだのか」

「まぁ、それだけじゃないいんだよね……」

昨夜の襲撃者の件を知らずに頭にハテナークを浮かべているヒイロ、ネイ、ニーアを放置して、バーラット達の話は進む。現場にいたレミーは素知《そし》らぬ顔である。

「それだけじゃないって、それじゃ、何の為に？」

「それは……」

「今回、バーラット殿達に渡す褒美がお金だけとは限らないということですわ」

ソルディアス王太子の言葉を遮るようにそう言ったのは、扉を開けて優雅《ゆうが》に入ってきた一人の女性だった。

その薄紫色の綺麗なドレスを着た女性を見て、バーラットは呻《うめ》くように彼女の名前を口にする。

「スミテリア妃《ひ》……」

「バーラット殿、お久しぶりです」

スミテリアの挨拶に、バーラットは「あ……ああ」と曖昧に返事をするが、すぐにソルディアス王太子の首に腕を回して強引にスミテリアに背を向けさせた。

「おい、何でスミテリアが出てくる！」

バーラットの音量を下げた非難の声を受け、ソルディアス王太子は情けない表情で頬を掻く。

「いやぁ～……恐らく、レクリアスの応援だと思う……」

「レクリアスの？　……って、まさか！」

バーラットの小さな叫び声に、正《まさ》にその通りだと言わんばかりにソルディアス王太子は頷いた。その様子にバーラットは目を見開く。

「おい、王族は本気でヒイロとレクリアスをくっつける気か！」

「いや、父上は面白がってるだけだと思うけど……」

「面白がってるってことは、どっちに転《ころ》んでも構わないと思ってるってことだろ！　国王がそんな状態で、スミテリアが肯定派《こうていは》に回ったら、ほとんど本気ってことじゃないか！」

「僕は反対なんだけどね」

「当たり前だ！」

そんなやりとりをしているバーラット達を無視して、スミテリアはヒイロへと向き直った。

「貴方がヒイロ殿ですね。初めまして、私はソルディアスの妻、スミテリアです」

「あっ、これはどうも……ヒイロです」

美しい大人の女性に丁寧《ていねい》に挨拶をされて、ドギマギしながらヒイロが返事をすると、スミテリアはニッコリと微笑んで頷いてから、サッと身体を横にずらした。すると彼女の陰から、一人の白いドレスを着た少女が進み出る。

「ヒイロ様、初めまして。レクリアスです……って、ヒイロ様からすれば、初めましてではないんですよね」

「やや、レクリアス姫！　もう、お体の方はよろしいので？」

前に見た時には病床に臥せっていたため、苦しんでいる姿しか印象に残っていなかったヒイロは、彼女が歩いていることに驚きの表情を浮かべる。

「はい。ヒイロ様のお陰でこの通り」

そう言ってレクリアス姫は口元に微笑みを浮かべながら、ヒイロを上目遣いで見上げた。

それは、母から教わった必殺の仕草。

まだ少女の面影を残す彼女は、色気《いろけ》を前面に出すより可愛らしさをアピールした方が破壊力は高い筈だと、スミテリアは踏《ふ》んでいた。

そして、想定していた以上に可愛らしい娘を見たスミテリアは、勝利を確信して小さくガッツポーズを取る。

しかし――

「それはよかった！」

ヒイロが鈍感《どんかん》なのか、それともレクリアス姫が子供すぎてそういう対象に見られなかったのか……恐らくはその両方なのだろうが、ヒイロは心を揺さぶられることなく、元気になった彼女を心の底からの満面の笑みで祝福《しゅくふく》した。

当のレクリアス姫は今まで、家族以外の異性から、このような何の計算もなされていない輝かしい笑みを向けられたことはなかった。

彼女の前に現れる男性は皆、姫という立場しか見ておらず、ご機嫌取りのための露骨《ろこつ》な作り笑いしかしなかったのである。

それを本能で感じ取っていたレクリアスは、自分を心の底から案じてくれている異性の笑顔を初めて目の前にして、一瞬で顔が真っ赤になってしまった。

「えっ！」

自分の意に反して突然顔が熱くなったことに驚いた彼女は、慌てて頬に手を当ててヒイロに背中を向けた。その様子に、やはり本調子ではないのではとヒイロは心配になる。

「おや、やっぱり無理をなさってたんじゃないですか？　顔が大分赤かったようですが熱でも……」

「ヒイロ殿、大丈夫ですから……ちょっとすみませんね」

背を向けたレクリアス姫に語りかけようとしたヒイロに割り込む形で、スミテリアが慌てて娘の肩を抱きつつ退室していく。

「本当に大丈夫なのでしょうか」

そんな二人を心配そうにヒイロが見送っていると、ネイはやれやれと肩を竦め、バルディアス王はクックックッ、と声を殺して笑い、バーラットとソルディアス王太子は、とりあえずは保留にできたとホッと安堵の息を漏らした。

「それで、ヒイロ君への今回の褒賞なんだけどね……」

台風が去り、再び戻ってくる前にサッサと要件を済ませてしまおうとソルディアス王太子はパンパンと手を叩いた。

その合図に答えるように、執事服に身を包んだ老人が布の載った立派な長方形の盆を持って部屋に入ってきて、ソルディアス王太子の斜《なな》め後ろに立つ。

「これだけ用意させてもらったよ」

そう言いながらソルディアス王太子が布の中心を指でつまんで持ち上げると、その下からは白銀色に輝くコインが五枚現れた。

それを見て、バーラットがニヤリと笑う。

「ほう……随分と奮発《ふんぱつ》したな」

「まあ、助かった人数が人数だからね。その中にはレクリアスも含まれていたし」

軽口を叩く二人の声が耳に届かないかのように、他の面々は見たことのない貨幣《かへい》に目を奪われていた。

「これって、見たことがないんですが、どれ程の価値があるんですか？」

「う～ん、私も見たことないなぁ？」

「ぼくに聞いても分からないからね」

「……もしかして、これって……」

ヒイロの疑問に、ネイとニーアが同調する中、レミーがこれでもかという程に目を見開いてお盆に載ったコインを凝視していた。

「……大白金貨ではないですか⁉」

レミーが震える声で言いながら顔を上げると、バーラットは笑みをそのままに頷いてみせる。

レミーに釣《つ》られてバーラットが頷くのを見ていたヒイロ達は、一瞬思考停止した後で、凄い勢いで再び大白金貨へと振り向いた。この大白金貨は、一枚あたりの価値が白金貨十枚分、日本円にして一億円相当と、一般人ではそうそうお目にかかれないものだ。

「やっぱり！　初めて見ました」

「これが……大白金貨ですか……」

レミーの目が輝き、ヒイロはゴクリと生唾を呑む。

そんな彼等の反応に笑みを浮かべながら、ソルディアス王太子が目配せすると、老人はそれに頷いた後で前に歩み出て、大白金貨が載ったお盆をヒイロに差し出した。

あまりの大金を差し出され、ヒイロは困惑気味にソルディアス王太子に視線を向ける。

「本当に、こんなに貰っちゃっていいんですか？」

「君の今回の活躍に対する正当な報酬だよ。遠慮無く貰っちゃってくれるかな」

「そう……ですか。では、遠慮無く」

ヒイロは慎重に、一枚一枚大白金貨をお盆から取ると、懐に仕舞う素振りをしながら時空間収納へとそれを仕舞った。

ヒイロが褒賞を受け取り、満足げに頷いていたソルディアス王太子だったが、不意にその表情を曇らせる。

「で、治療の件の褒賞はこれで完了したわけなんだけど、問題は牙の報酬と瘴気拡大を止めた褒賞なんだよね」

こっちの方が難問《なんもん》だと言わんばかりのソルディアス王太子の口振りに、ヒイロは慌てて両手を前に出して振る。

「これ程の褒賞を貰ったんですから、これ以上頂くわけには……」

「そんなわけにもいかないんだよ。王族としては建前上、庶民に施《ほどこ》しを受けたなんて事実は残したくないいんだ」

「ちょっと待て」

困ったような笑みを浮かべるソルディアス王太子だったが、そんな彼をバーラットが険《けわ》しい表情で睨みつける。

そんな彼に、ソルディアス王太子は「何？」とキョトンとしながら顔を向けた。

「今、瘴気拡大を止めた褒賞と言わなかったか？」

「……言ったねぇ」

「それを俺達が王族から貰う必要はない筈だが？」

「それが、あるんだよねぇ……なんせ君は、僕からの密命を受けて瘴気拡大の制止に動いたんだから」

当然のようにそう言ってのけるソルディアス王太子に、バーラットは目を剥《む》く。

「……お前……まさか……」

「バーラット、君は瘴気拡大阻止《そし》の功績を全て教会に持っていかれて、良しとするかい？」

自分が教会を毛嫌いしていることを分かっているソルディアス王太子の言葉に、バーラットは思わず口をつぐんだ。

そんな二人のやりとりに、ヒイロは怪訝な表情を浮かべる。

「それって、もしかして……」

「ヒイロさん！　それ以上はダメですぅ」

「そうそう、国の謀略に一冒険者が口を挟むものじゃないわよ」

――瘴気拡大阻止の手柄に一枚噛む為に、実際にはなかったことを捏造しようとしていませんか？　そう聞こうとしたヒイロの口をレミーが慌てて背後から塞ぎ、正面に立ったネイが胸を両手で押す。

そんな行動をする二人からは、『頂けるものは頂いておこう』という心情がその表情からありありと窺えた。それに同調するように、ニーアがヒイロの目の前に立つ。

「ヒイロ、その馬鹿正直な性格、もうちょっとどうにかした方がいいと思うよ。せっかくソルディアスが面白い話を持ってきたんだから、大人《おとな》しく乗っからなきゃ」

レミーに口を押さえられつつもモゴモゴと何か言いたげなヒイロを、ニーアはニヤニヤしながらそう諭す。

そのパーティの様子を見ていたソルディアス王太子は、ニーアと同じ表情でバーラットに向き直った。

「理解が早いですねぇ。実にいいお仲間を持ったものです。で、バーラット、お仲間はああ言ってますが、君はどうします？」

その言葉にバーラットは渋面を作る。

確かにあの時同行した司祭のシルフィーは信用できる人物だったが、彼女の口振りからは、教会の上層部の人間が腐《くさ》っていることがありありと窺い知れた。その教会が増長《ぞうちょう》する機会を国が潰そうとしていること自体は、バーラットとしても賛同するにやぶさかではないのだが、その為に自分が利用されるという事実は面白くなかった。それも、『ソルディアス王太子に』というのが特に気に入らない。

だから彼は嫌がらせに走ることにした。

「ふぅ～……そういうことにしたいっていうお前達の意向は、分からなくはないがな……しかし、俺達をそれに乗せるには、褒賞は安くないぞ」

バーラットの挑発にも似た口振りに、その心理を読み取ったソルディアス王太子は、ピシリとその笑顔を固める。

「う～ん……そうくるんだ。で、何が望みだい？」

「宝物庫の品物一人一つ、それが今回の報酬だ。あっ、そうだ。いっそのことだから、ヒイロの牙の報酬も宝物庫の品物で手を打ってしまおう」

「どうだ？」とソルディアス王太子の返答も聞かずにバーラットがヒイロに確認を取るが――

「もごもがもぐもご……もげ！　（バーラット、あんまり欲張ってソルディアス王太子を困らせるものではありません！）」

「そうかそうか、お前も俺の意見に賛成なんだな」

レミーに口を押さえられ、ヒイロが満足に喋れないのをいいことに、バーラットは自分のいいように解釈《かいしゃく》してソルディアス王太子に向き直る。

「本当にヒイロ君はそう言ったのかい？　まぁ、二つとも報酬の内容に困る案件だったから、その条件を呑むけれど……」

牙の報酬はともかく瘴気拡大阻止の方は思っていた以上に高くついたなと思いながらも、ソルディアス王太子は渋々《しぶしぶ》バーラットの要求を呑んだのだった。

# 第14話　宝物庫

宝物庫は、城の奥の地下へと続く階段の先にあった。

ヒイロ達は両脇に衛兵が立つ階段から、ソルディアス王太子の先導で地下へと下りていく。

アーチ状の天井の下、真っ直ぐに地下へと続く下り階段には、壁の上部に透明《とうめい》な丸い玉が等間隔《とうかんかく》に付いていた。それらは先行するように光を放ち、ヒイロ達の足下を照らしていく。

「対人センサー？」

「感覚的には同じですよね。魔法でしょうけど、こうなると科学との違いが分かりませんね」

丸い玉を見上げながらのネイの感想に、ヒイロも見上げながら同意すると、その前を歩いていたバーラットが振り向く。

「なんとかセンサーとか、カガクってのは何だか知らんが、近付く者の魔力に反応して光ってるんだ。賊《ぞく》が気配を消して入り口の兵士に気付かれずに階段に入ったとしても、この光ですぐにバレるようになってるらしい」

バーラットの説明に、やっぱり対人センサー付きの照明の防犯と同じ効果を狙っていたんだと、ヒイロとネイは丸い玉を見上げたまま「へぇ～」と相槌を打つ。しかしやがて照明への興味が薄れたのか、ネイが不意に階段の奥へと目を向けた。

「それにしても、城の宝物庫ってやっぱり地下なんですね」

「とすれば、この先に宝箱が並んでいて、その周りはダメージ床で囲われているんですかねぇ」

「えっ、それってトラップですか？」

ゲームを思い出しながらのネイの話題に乗っかったヒイロの言葉に反応したのは、二人の後ろを歩いていたレミー。その興味津々といった口調に、冗談半分だったヒイロとネイは揃って振り返る。

「トラップ……だったのでしょうか？　アレは」

「派手に光ってて、やたらと存在感のある床でしたもんね。アレ」

ヒイロとネイが各々に、自分がプレイしていたゲームを思い浮かべていると、レミーが目を丸くする。

「えっ？　トラップなのにわざわざ光ってるんですか？　それじゃあ意味がないんじゃ……でも、警告って意味合いなら効果があるかも……」

ヒイロ達の情報を元に、真剣にその床の意義を考え始めたレミーの言葉に、ヒイロとネイは感心したように感嘆の声を漏らす。

「警告かぁ～……確かにその通りかも。無断《むだん》で色々と漁《あさ》ることで有名だったからね、あの系統の勇者達は」

「城の宝箱に井戸の中。果ては民家のタンスやクローゼット……確かに勇者とは思えぬ所業《しょぎょう》でしたねぇ」

「えっ！　勇者がそんなことするんですか？　それって、勇者の名を騙《かた》る泥棒《どろぼう》じゃ……」

ギョッとするレミーにヒイロとネイが苦笑いを向ける。それと同時に、階段を下りきったソルディアス王太子が、その先にある扉を背にするように振り返った。

「さて、着きました。ここです」

それは、高さ四メートルはあろうかという観音開《かんのんびら》きの巨大な扉。青を基調とした堅牢《けんろう》そうなその扉の前で、ソルディアス王太子はにこやかな笑みをヒイロ達に向けていた。

「これはまた……随分と大きいですね、かなり重そうです」

「これ、どうやって開けるのさ？　ヒイロに開けてもらう？」

唖然としながら扉を見上げるヒイロ。その肩に座っていたニーアには、他の人よりも更に大きく感じられ、ヒイロの怪力でないと開けられないのではとソルディアス王太子へと顔を向けた。

そんな彼女の視線を受けながら、ソルディアス王太子は微笑みをそのままにゆっくりとかぶりを振る。

「いえいえ、それには及ばないよ。この扉は――ほら」

言いながらソルディアス王太子が軽く触れると、扉は静かに内側に開き始めた。

その重量感からは考えられぬ程、あまりにもあっさりと開いてしまった扉を見て、ニーアがアングリと口を開ける。

「なにその扉？　こんなに大層な見た目なのに、触るだけで開いちゃうの？」

デカイだけで見掛け倒しなのかというニーアの率直《そっちょく》な意見に、ソルディアス王太子は楽しそうに笑みを零す。

「ふふ、この扉は王族が触れた時にのみ開くようになっているんだよ。もっとも、それを利用してここから無断で中の物を持ってった人もいたけどねぇ」

ソルディアス王太子がそう言いながら意味ありげに視線を動かすと、その先にいたバーラットはとぼけるように咄嗟に王太子から顔をそらした。

そんなバーラットの様子に、出会った時の彼の言葉を思い出したヒイロは、彼の肩にかかっている麻袋型のマジックバッグに目を向けながらため息を漏らす。

「そのマジックバッグ……SS級の特権で貰ってきたのではなく、無断借用だったんですね」

「いや……これはSSランク就任《しゅうにん》の祝いに貰ったんだよ」

「私や父上は、あげた記憶はないんだけどねぇ」

バーラットの言い分に、間を置かずにソルディアス王太子がそう返すと、バーラットは視線を泳がせながらバツが悪そうに黙り込んだ。

バーラットをやり込められたことで満足したのか、ソルディアス王太子はそれ以上の追《つい》及《きゅう》はせずにヒイロ達に向き直る。

「それはさて置き、ここが宝物庫です」

ソルディアス王太子がそう言いながら半身になって手の平で指し示した扉の先には、野球場程もある広大な円形の部屋が広がっていた。

部屋の天井には、階段と同じ光源がいくつも取り付けられており、地下とは思えない程明るい。そして、腰の高さ程の棚《たな》の上に整然《せいぜん》と並べられている様々な品物が、バーラットの悪行を忘れさせる程にヒイロ達の目を引いた。

剣や槍、鎧《よろい》を始めとした武具は勿論、書物や絵、彫刻などの美術品。そして、その形からは何に使うのか分からない魔道具などなど、およそ数万点――骨董品《こっとうひん》の展示即売会を思わせるような光景に、ヒイロは目を輝かせて口を開く。

「これは、思った以上に品数が多いですねぇ……」

「建国以来、貴重な物や珍しい物をずっと溜め込んできたからねぇ。宝物庫と銘打《めいう》ってるけど、ある意味、使いようの難しい物を放り込んでる倉庫なんだよ」

「この中から好きなの貰っていいの？」

ニーアがそう言いながらソルディアス王太子の方に顔を向けると、彼は静かに頷いた。

「ここから好きな物を一つだけ持っていっていいよ――ああ、ヒイロ君は牙の報酬分もあるから、好きなだけ持っていって大丈夫。持っていける分だけだけどね」

ヒイロが時空間収納という常人の想像が及ばない魔法を持っていることを、ソルディアス王太子は知らない。そのために最後に気楽にそう言い加えたのだが、それを聞いたバーラットとニーアが同時にあくどい笑みを浮かべてヒイロへと振り向いた。

「聞いたか？　好きなだけ持ってってもいいんだとよ」

「お言葉に甘えなよ。ヒイロなら全部持ってけるよね」

ソルディアス王太子の失言に、バーラットとニーアは悪魔のように囁くが、ヒイロはそんな二人に苦笑いを返す。

「そんな、揚《あ》げ足を取るようなことを……欲張って、アレもコレもと持っていっても、手に余るだけじゃないですか」

既に大量のエンペラーレイクサーペントの素材を持て余しているヒイロの言葉に、ニーアとバーラットはなおも面白半分で食い下がる。

「いやいや、ここの物を売っぱらえば、一生遊んで暮らせるよ」

「そうだぞ、楽な生活ができるぞ」

半分本気のニーアと完全に茶化しているバーラットの言葉に、ヒイロは苦笑いのまま肩を竦めた。

「それで隠居生活《いんきょせいかつ》のような真似をするんですか？　嫌ですよ、そんな刺激のない生活は。私はまだまだこの世界を楽しみたいです」

「そう？　相変わらず欲がないねぇヒイロは」

「まっ、手に余る物まで持っておきたくない気持ちは分からんでもないがな。でも、せっかく好きなだけ持ってっていいと言ってるんだ、気になった物は遠慮無く持ってけ」

バーラットがそう締めくくると、一行は胸を躍《おど》らせながら宝物庫の奥へと進むのだった。

「あっ、バーラットはダメだからね。君は、そのマジックバッグを既に持っていってるんだから」

しかし次の瞬間、ソルディアス王太子が釘を刺すように、そうバーラットに告《つ》げる。

ピンポイントで指名されたバーラットは、しかめっ面《つら》でソルディアス王太子に向き直る。

「ちっ、ケチくせぇな。でも、俺の欲しい物をヒイロに頼むのは構わねぇんだろ？　ヒイロもマジックバッグを持ってるしな」

「う～ん……それは仕方ないかな。でも、君のマジックバッグに仕舞い込むのはなしだよ」

バーラットの言葉に、ソルディアス王太子は渋々了承する。

バーラットの持っているマジックバッグは、かつてこの宝物庫にあった最高クラスのものので、収納個数は百個。

ヒイロの持つマジックバッグの収納個数がそれ以上ということは、さすがにないだろうというのが、ソルディアス王太子の判断だった。

ヒイロ達は、それぞれにバラけながら広い宝物庫内を見て回る。

バーラットは一人、年季の入った酒樽《さかだる》が並んだ棚の方にいそいそと行ってしまい、ニーアはレミーを連れ立って魔道書が並んでいる方に飛んで行った。そしてヒイロは、ネイとともに武器が並んでいる棚をゆっくりと見て回っていた。

「ふふ、やっぱり武器はいいですよね」

「うん、そうね」

棚に並ぶ様々な武器に目を輝かせるヒイロにネイは笑顔で同意したが、ふと、今までの彼の戦いぶりを思い浮かべて小首を傾げた。

「あれ？　そういえばヒイロさんが武器を使っているのを見たことがないけど……」

ネイの言葉に、先端が星型になっているステッキを手に取りしげしげと見つめていたヒイロが振り向く。

「ああ、私は不器用ですからねぇ。バーラットに武器を持つことを禁じられているんですよ」

「……それって、ヒイロさんが怪我をすることを心配してってこと？」

「いえ、周りを心配してのことです」

「ああ……そういうことね」

ヒイロの尋常《じんじょう》じゃない力で周囲への配慮なしに武器が振り回されるところを想像したネイは、さもありなんと苦笑いで納得する。一方でヒイロはあっさりと納得されたことに若干の不満を感じながらも、棚に並べられている武具へと視線を戻し、ふと、その中の一つに目を留めた。

「おや、これは……」

それは一振りの剣。他にも似たような物が大量にある中で、禍々《まがまが》しいまでの存在感があるソレに、ヒイロの目は奪われた。

「何だろう？　妙に目を惹きつけられるわね」

「でしょう。妙に気になるんですよね」

ヒイロが目を留めたことでネイも気になり、二人でその剣をじっくりと見据えていると、背後から声が発せられた。

「それは、魔剣だよ」

「「魔剣?」」

突然の声に驚きながらも、二人が声を揃えて振り向くと、ソルディアス王太子が仰々《ぎょうぎょう》しく頷いてみせた。

「いつの頃の誰の作だかは分からないんだけど、今まで沢山の持ち主の命を奪ってきた、曰《いわ》く付《つ》きの魔剣なんだ」

「ほほう、それは興味深い……持ち主の命を奪うんですか。使用する度にHPを消費するタイプでしょうか?」

膨大《ぼうだい》なHPを持つ自分なら使いこなせるのではないかとワクワクするヒイロの肩を、チョンチョンとネイが指で突く。

「何です? ネイ」

魔剣を持つ自分を想像しながらニヤケて振り向くヒイロに、ネイは頬を引き攣らせながらかぶりを振った。

「ヒイロさん、これ……持ち主のHPじゃなくて寿命《じゅみょう》を吸い取るタイプの魔剣だよ」

この世の全てを鑑定できるスキル【森羅万象の理】を持つネイの、声のトーンを落とした深刻そうな言葉に、ヒイロの笑顔がピシリと固まる。

「それは……さすがに使いたくないですね」

「うん、たったの一振りで数十日単位で持っていかれるみたい。しかも、相手が強ければ強いほどその威力が増して、その分持ってかれる寿命も多くなるって……タチが悪いわよ、これ」

「ネイさんは鑑定持ちだったんだね」

眉をひそめながらのネイの解説に、ソルディアス王太子は頷きつつ言葉を続ける。

「ネイさんの言う通り、その魔剣は持ち主の寿命を吸い取ってしまうんだよ。そのくせ、妙に実力者の目を引いてしまうものだから被害者が後を絶たなくてね……一般の目の届かないここに置いているんだ。ここにはそんな曰く付きの物が他にもあるから、気を付けてね」

「……そんな物騒《ぶっそう》な物、宝物庫に仕舞わないでください」

眉間に皺を寄せて非難の目を向けるヒイロだったが、そんな彼をソルディアス王太子はフフンと鼻で笑う。

「さっきも言ったけど、ここは宝物庫と銘打っていても倉庫だからね。宝とまでは言えなくても、珍しくて手に余る物も沢山置いてるんだよ」

「……厄介な物まで置いてるんですか。それじゃあ迂闊に触れないじゃないですか……はぁ～、やっぱり私は武器を持つなという神様のお達しなんでしょうか？」

魔剣の入手を断念《だんねん》させられたヒイロが深いため息をついていると、酒樽を両肩に抱えたバーラットがホクホク顔で近付いてきた。

「おうヒイロ、こいつらを頼む。エルフが精霊祭の時に飲む為に作った滅多に表に出ない果実酒と、ドワーフ殺しという幻の酒だ。どっちも希少《きしょう》で、金を積んでもそうそう手に入る代物じゃない」

そう言いながら酒樽をどかっと置いたバーラットは、そこで初めてヒイロが見ていた物に気付いたのか、満面の笑みを不審そうな表情に変えた。

「ヒイロお前、武器を持つつもりか？」

「いや～、そのつもりはなかったんですけど、やっぱりこういうものを見るとどうしても心が踊ってしまって……」

「勘弁してくれ……」

「勘弁してほしいのは僕の方だよ」

バーラットの心の底からの切実な呟きに答えたのは、彼が持ってきて床に置いた酒樽をマジマジと見ていたソルディアス王太子だった。

「これは、何かの折に飲もうと父上とともに楽しみにしていた秘蔵《ひぞう》の酒なんだよ」

悲しそうにそう言いながら振り向いたソルディアス王太子に、バーラットはしてやったりという風にニヤニヤしながら肩を竦める。

「そんなこと言われてもなぁ。ここに置いてあったんだから、持っていっても文句を言われる筋合《すじあ》いはない筈だぞ。人目につかない場所を選んだつもりだったんだろうが、宝物庫に隠したのが悪い」

バーラットの指摘にソルディアス王太子は「ムグッ」と言葉を詰まらせる。そんな二人のやりとりを見たヒイロは、バーラットの酒好きは遺伝だったのかと、兄弟の攻防を苦笑いで見つめていた。

するとそこに、ニーアとレミーが合流してくる。

「何騒いでるの？　バーラットとソルディアスは」

飛んできてヒイロの肩に降り立ったニーアが、バーラットとソルディアス王太子を見ながら不思議そうにしていると、その後をついてきたレミーが非難の声を上げる。

「ニーアちゃん、速いですぅ。わたしは荷物を持ってるんですから、もうちょっとゆっくり飛んでください」

そんな困りきった声を聞いてヒイロが振り返れば、そこには上半身が隠れる程の荷物を両手で抱えたレミーの姿があった。

「……あの大荷物は一体？」

「えっ？　だってヒイロは好きなだけ持っていけるんでしょ。だから気になった物を片《かた》っ端《ぱし》から持ってきたんだよ」

　その量にヒイロが困惑しながら問いかけると、ニーアは悪びれる様子もなく胸を張ってそう答える。

「……自重《じちょう》という言葉を知ってますか？　ニーア」

　ヒイロは頭を押さえながら聞いたのだが、当のニーアはキョトンとしながら小首を傾げた。

「だって、ヒイロが欲しい物を好きなだけ持ってっていいってことは、ぼくの分も好きなだけ持ってっていいってことでしょ？」

「……バーラットと同じような結論を出したんですか……それにしたって、少しは遠慮してほしいと言ってるんです」

「王族ってお金持ちなんでしょ？　だったら遠慮無く貰っていっても別にいいじゃないか」

　ニーアの言い草にヒイロがため息をついていると、そんな彼の態度に萎縮《いしゅく》しながらも、レミーがその前の床に抱えていた荷物を置く。

「すみません。わたしが欲しかった物も何点か含まれているんです」

「はぁ～……レミーもですか。で？　レミーの欲しい物というのはどれなんですか」

仕方ないと言わんばかりの口調のヒイロに、レミーはおずおずと荷物の中からいくつかの魔道具を拾い上げる。

「魔道書が何点かと魔道具なんですけど、まずはこれです」

そう言って最初にヒイロに見せたのは、二十センチ程の筒状《つつじょう》の先端に、半円状の笠《かさ》が付いた物だった。

「これ、笠の先から光が出るんですよ。しかも、笠の内側は鏡になっていて、光を増幅《ぞうふく》させる上に照らしたい方向にしか光が進まない仕様になってるんです。凄いですよね、こんなにコンパクトなのに光を増幅させて指向性《しこうせい》まで持たせるなんて」

「懐中電灯《かいちゅうでんとう》ですね」

「……うん、そうだね」

少し興奮気味かつ得意げに説明するレミーに、ヒイロとネイは平然とその正体を口にする。

魔道具の性能に驚いてもらえると思っていたレミーは、当てが外れて一瞬シュンとなったが、めげずに次の魔道具を手に取った。

「これも凄いんですよ。この箱を持った人とこっちの箱を持った人が、離れた場所で会話することができるんです」

そう言ってヒイロに見せたのは、二つ一組の手の平サイズの木製の箱。それぞれの箱を右手と左手に乗せてレミーは力説したが、それを見てヒイロはネイとともにウンと一回、頷き合う。

「うん、トランシーバーですね」

「有効距離は五十メートルくらいか……微妙な距離ね」

鑑定で有効範囲を確認したネイが、微妙な表情を浮かべる。

「うぐぅ……これでも驚きませんか。だったら、これです！　これを通して声を出すと、声が変わるんです」

「変声機ですね。五百円玉くらいの金属製の円盤《えんばん》ですか……蝶《ちょう》ネクタイ型じゃなくて残念です」

「探偵《たんてい》じゃないんだから、さすがにそれは……」

出す物出す物、全て淡白《たんぱく》な反応をされてしまう。挙句《あげく》に最後は、ヒイロのよく分からないボケにネイが苦笑しながら突っ込むという終わり方をされて、レミーは力なく項垂れてしまった。

「あ～あ、レミー落ち込んじゃったじゃないか。ヒイロとネイったら酷いよ」

落ち込むレミーを不憫《ふびん》に思いニーアが非難すると、彼女の様子に気付いて罪悪感が生まれたのか、ヒイロは申し訳なさそうに人差し指で頬を掻いた。

「まぁ、隠密職であるレミーが気になる物ばかりでしょうから、しょうがないですね。何かの役に立つかもしれませんし、全部貰っていきましょう。それで、ニーアは何を選んだんですか？」

ヒイロは取り繕《つくろ》うように、そそくさとレミーの持ってきた魔道書や魔道具をマジックバッグ経由で時空間収納に仕舞い込んで、ニーアに話を振る。すると彼女は、待ってましたと言わんばかりに満面の笑みを浮かべた。

「へへ～ん。ぼくは風属性の珍しい魔道書を片っ端から持ってきたんだ。空気の振動を止めて呪文を唱えられなくするマジックストップでしょ。それに、顔の周りに絶えず空気を生み出して、水の中なんかを歩けるようにするウォーターウォーカー。そして、目玉はなんと！　巨大な竜巻《たつまき》を生み出すトルネード！　どう、凄いよね」

自慢するようにニコニコしながら、床に置かれた魔道書を次々に指差すニーアに、ヒイロは再び嘆息した。

「それ、ニーアが覚えられるレベルの魔法なんですか？」

「えっ！　……う～ん、魔道書を読めば覚えられるだろうけど、トルネードなんかは使うのは無理かな。使った時点で魔力を根こそぎ持ってかれて死んじゃうかも」

「返してきなさい！」

まるで他人事《ひとごと》のような口調でありながら、とんでもないことをサラッと言うニーアに対して、ヒイロは宝物庫の奥を指差して叫ぶ。しかし当のニーアは「え～」と不満顔だった。

「別にいいじゃん。こんな珍しい魔道書、滅多に手に入らないんだよ」

「いやいや、いくら希少でも、ニーアが死んでしまうような魔道書はいりません」

「今は、だよ。将来成長して使えるようになったら、使えばいいじゃん」

「……竜巻を生み出すような魔法、一体どこで使う気なんですか」

心配のあまり断固拒否《だんこきょひ》の姿勢を見せるヒイロと、絶対に引く様子のないニーア。

そんな二人の押し問答を側で聞きながら、ネイが苦笑いを浮かべる。

「なんか、スーパーとかのお店で、お菓子を持ってきた子供に返してきなさいって言うお母さんみたいだね」

「う〜ん、そのスーパーっていうのがどんなものか分かりませんが、何となく想像はできます」

ネイの呟きに、世界は違えどそんな親子の様子が想像できたレミーが共感する。そんな中、彼女達の背後では、バーラットとソルディアス王太子がまだ言い合いを続けていた。

「バーラット、この二つは勘弁してくれないか？　……あっ、そうだ！　隣の国のギチリト領で新たに作られた酒もあるよ。そっちにしたらどう？」

「ふん。そんなもん、コーリの街にもちょいちょい出回ってるぞ。この二つに比べたら希少価値が違いすぎるわ」

「ぬぬぅ〜……だったら、今の事件が解決したら祝杯《しゅくはい》はこの二つの酒でするから、それで手を打たないか？」

「それは魅力的な提案だが……」

バーラットは別に、酒を独《ひと》り占《じ》めしたいわけではない。無類《ぶるい》の酒好きだが、それ以上に気心の知れた仲間内で飲む雰囲気が好きなのだ。

そのため、ソルディアス王太子の提案にかなりの魅力を感じたのだが、それでもそれとこれは話は別と気付き、かぶりを振った。

「だったら、その時が来たら俺がこの酒を提供してやるよ。だから、とりあえずはこの酒の所有権《しょゆうけん》は俺ってことで問題ないよな」

「ぐっ……」

せっかく丸め込めそうだったのに、すんでのところで引っくり返されてしまったソルディアス王太子は言葉を詰まらせる。

そんな二組のアイテムを巡る攻防だったが、一組の決着はそろそろ終わりを告げようとしていた。

「欲しい、欲しい、欲、し、い！」

ニーアが空中で仰向けになり、駄々《だだ》をこねるように手足をジタバタさせると、ヒイロは嘆息しながら口を開く。

「何でそんなに欲しがるんですか？　特にトルネードなどは、広範囲破壊魔法じゃないで

すか。ニーアはそんな力が欲しいんですか？」

疑問を呈したヒイロに、動きを止めたニーアは仏頂面を向ける。

「だって……ヒイロとバーラットは強いし、レミーも得意分野では活躍するし、新しく入ったネイも勇者で強いに決まってるじゃないか。このままじゃ、ぼくだけパーティの中で足手纏いになるのは目に見えてる……そんなのぼく、やだもん」

「どこぞのキャラクターの名前みたいな否定の仕方をして……」

ヒイロにはニーアの言葉が、いじけてるようにも悲しげにも聞こえた。彼は元の世界では、仲間に助けられることはあっても頼りにされることがなかったため、ニーアの言葉に親近感を覚えてそれ以上否定できなくなる。

無能という烙印《らくいん》を押されながらも、気遣《きづか》って仲間に入れてもらえているという環境に常時身を置いていた彼にしてみれば、その苦悩《くのう》と不安が手に取るように分かってしまったのである。

「……分かりましたよ。ただし、当面は私が保管しときますからね」

時空間収納に入れておけばニーアが勝手に読むことはできないだろうと、最大限の譲歩をヒイロが提示する。すると、ニーアはパッと表情を明るくした。

「えっ、本当？」

「その代わり、トルネードは私が大丈夫だと思うまで、ニーアには渡しませんからね」

「うん、分かった」

聞き分けよく返事をするニーアに優しい笑みで頷いたヒイロは、ニーアの持ってきた魔道書もマジックバッグ経由で時空間収納に仕舞い始める。

二人の持ってきた品々の数はとても下級のマジックバッグに収まる量ではないのだが、バーラットとの攻防に余念のないソルディアス王太子は、その事実に気付いていなかった。

「ふう、やれやれ……」

全てを時空間収納に収めたヒイロが腰に手を当てて伸びをしながら立ち上がると、その視界に見覚えのある物が飛び込んでくる。

「おや、アレは……」

異世界には違和感のあるそのアイテムに誘われるように、ヒイロはゆっくりと歩き始めた。

## 第15話　新しい武器

「これは……もしかして……」

「扇子《せんす》……ですね」

ヒイロがそれに近付いてまじまじと見ていると、彼の背後から覗き込んだネイがその名を口にする。

彼女の言う通り、開かれた状態で無造作に棚に置かれていたのは、まさに扇子だった。

しかしソレは、本来なら竹である骨組みも、和紙である筈の扇面《せんめん》の部分も、全てが冷たい光沢のあるライトブルーの金属でできていた。

「鉄扇《てっせん》……っていうやつですかね」

ヒイロはそう言いながら、鉄扇に手を伸ばし持ち上げようとして――

（重っ！）

その重さに驚いた。

（さすが金属製です……ならば10パーセントで……）

金属だから重くて当然だと、【超越者】の力を引き上げて鉄扇を持ち上げたヒイロ。

しかしそもそも、いくら金属製とはいえ【超越者】の力に頼らないと持ち上がらないという事実が、どれ程異常なことか、彼は気付いていなかった。

「ふむ、扇の部分は鉄の薄い板が一枚一枚並んでるだけなんですね」

一通り観察したヒイロが開かれていた扇子を畳《たた》んでみると、鉄の板が綺麗に重なり、長さ四十センチ程の鉄の棒と化す。

「この世界にも扇子があったんでしょうかねえ？」

何度か開いたり閉じたりしながら扇子を見つめていたヒイロだったが、ふと、あることを思い立ちネイへと視線を向けた。

「ネイ……これを広げながら日本一！　って叫んでみませんか？」

「え～……それって忍者のキャラがやってたやつよね？　やるならレミーじゃないのかな」

ネイはヒイロの提案に呆れながらも、彼から鉄扇を両手で受け取るが――

「重っ！」

ヒイロと同じ感想を口にしながら、あまりの重さに腕が地面に向かって伸びきってしまった。

「なにこれ⁉　すっごく重いよ」

鉄扇を何とか引き上げ、ネイは驚きの視線をヒイロに向ける。

ヒイロは気付いていなかったが、彼の【超越者】10パーセントとネイでは、筋力に二倍以上の開きがある。しかし勇者であるネイも自分と同レベルの力を持っているだろうと思い込んでいたため、彼女に注意するのをすっかり忘れてしまっていた。

「こんなに重いなら前もって言ってよ」

「いやはや、それは申し訳なかったです。私が持てたから、ネイも持てるものかと」

「ヒイロさん、もうちょっと自分の力の異常性を自覚して」

ネイのキッパリとした言い方に、ヒイロは申し訳なさそうな笑みを浮かべていたが、最後の一言で暗に化け物と言われた気がして、顔を引き攣らせた。

そんな彼の表情に気付かず、ネイは鉄扇へと視線を戻す。

「まったく、何でこんなに重いの？　これ、ただの鉄じゃないわよね」

一人文句を言いながら、ネイは鉄扇に【森羅万象の理】を使う。

「材質は……アダマイン？　聞いたことないなぁ～」

「アダマインですか？　アダマンタイトやアダマントならゲームとかで聞いたことがありますけど……」

ヒイロが記憶に残っていた幻の金属名を口にすると、ネイはかぶりを振る。

「いえ、材名はアダマインね。この世界特有の金属かも」

「ふむ、だとしても、こんなに重いのでは使える人は限られてきますよね」

「限られるどころか、持てる人がいないんじゃないかな、これ」

ヒイロとネイが顔を見合わせていると、バーラットが晴れやかな笑顔で近付いてくる。

「おう、ヒイロ。こいつも仕舞っておいてくれ」

そう言って、彼は再び担いでいた二つの酒樽をヒイロの前に置く。

「話し合いは決着がついたんですか？」

それらをマジックバッグに押し込みながらヒイロがそう聞くと、ホクホク顔のバーラットの代わりに、その背後から近付いてきた疲れきった顔のソルディアス王太子が答える。

「バーラットが目を付けた酒を奪い返すことは不可能だということは分かったよ」

悲壮感《ひそうかん》漂うソルディアス王太子に苦笑いを返しながら、ヒイロは酒樽を仕舞い終える。

そしてネイから鉄扇を受け取ると、バーラットがそれに目を留めた。

「何だ、それは？」

「これですか、扇子ですよ。こうやって――」

ヒイロはそう言いながら鉄扇を開いて自身を扇《あお》ぎ、使い方を実践してみせる。

「風を送ることで涼《りょう》を取る携帯《けいたい》用の道具です」

「ほう、見たことのない道具だが……それなら風を発生させる魔道具を作った方が扇ぐ労力が不要で便利じゃないか？」

鉄扇で扇ぐヒイロを見つめていたバーラットがそう率直な感想を述べると、その背後から様子を見ていたソルディアス王太子が口を開く。

「ああ、それはギチリト領に出向していたドワーフの鍛冶職人《かじしょくにん》が、向こうで得た技術を披露する為に城に献上《けんじょう》してきた物だよ」

「ギチリト領？　じゃあ、こいつはギチリト領にある道具ってことか？」

ソルディアス王太子の言葉に興味を引かれたバーラットがそう返すと、王太子はコクリと頷く。

「ヒイロ君が言った通り、扇子って言うらしい。あえて魔力の動力を使わずに自分で扇ぐことで優雅に涼《すず》むってことらしいけど、言われてもピンとこなかったよ。それに、ギチリト領の技術を示す為にアダマインで作ったみたいで、誰も持てなかったんだ」

「アダマイン⁉　おいおい、あんなもんをこんなに薄く加工したのか？」

その材質を聞いたバーラットが驚きの声を上げると、ソルディアス王太子は苦笑いを浮かべた。

「凄い技術だよね。っていうか、あんな物を加工しようなんて発想、誰も思い浮かばなかったから、そっちにもビックリしたよ」

「ちょっといいですか？」

鉄扇についての話が白熱し始めたバーラットとソルディアス王太子に、ヒイロはついていけずにオズオズと手を上げる。

「その、アダマインっていうのはどのような金属なんですか？」

「ああ、アダマインかい？　アダマインはこの世界で一番硬い金属さ」

「へ？　世界一硬い金属？　そんな凄い金属を加工する発想がなかったって……一体どうして？　……って、重いからですか」

先程、ネイと二人で頭を捻っていた疑問を思い出したヒイロは、あっさりと自己完結する。そしてその意見を肯定するように、ソルディアス王太子が頷く。

「うん、そうなんだよ。アダマインは世界一硬いけど、同時に世界一重い金属なんだ。その小さな扇子一つでも、ここに運ぶのに屈強《くっきょう》な兵士四人がかりだったんだから、そんな素材で武器や防具を作ったら扱える人なんていやしないのさ。ミスリルだったら魔力を宿すこともできるんだけどね」

「ああ……なるほど」

ただ硬くて重いだけの金属より、魔力が作用するような特別な金属の方がこの世界では重宝《ちょうほう》される。そのことに納得して、ヒイロが頷くと、ソルディアス王太子はニヤリと笑ってみせる。

「ヒイロ君、それが気に入ったのかい？　だったら遠慮無く貰っていってよ。どうせ誰にも使えない道具だし、こちらとしてもその方がありがたいから……僕達の秘蔵の一品を持ってこうとする誰かさんよりもよっぽどいね」

最後の方は声のトーンを下げてバーラットの方を睨みながらのソルディアス王太子の言葉に、ヒイロは苦笑いを浮かべつつ「では、遠慮無く」と扇子をマジックバッグに仕舞い込んだ。

「さて……これで一品目ですが、バーラットやニーア、レミーの分で随分と頂いちゃいましたし、こんなものでしょうか」

項目が増えた時空間収納の収納物一覧《いちらん》を見ながらヒイロがそう言うと、バーラットが眉をひそめた。

「おいおい、牙を提供した張本人が、そんなゴミみたいな道具一つで納得するのは、いくら何でもどうかと思うがな」

「ゴミって……一応、宝物庫に入れる価値はあるだろうと僕達が判断した物なんだけどね」

　バーラットの言いように一瞬ムッとした表情になったソルディアス王太子だったが、すぐに笑顔を作り直し、ヒイロに向き直って言葉を続けた。

「でもまぁ、バーラットの言うこともっともだよ。ヒイロ君には、もう少し牙と釣り合う物を持っていってもらわないと、僕達としても心苦しいかな」

「そう……ですか？　ではお言葉に甘えて」

　そこまで言われて断るのも悪いと、ヒイロはまだ貰うものを決めていないネイとともに再び品定めを再開した。

「ネイはどんな物が欲しいんです？」

　一緒に棚の上に置かれた物を物色《ぶっしょく》しているヒイロにそう話を振られ、ネイは天井を見上げて考える素振りをみせた。

「そうねぇ……武器……かな。今までの戦闘は【雷帝《らいてい》】頼りだったから、普段は普通に戦って、奥の手的に【雷帝】を使えるようになったらいいなって思うんだけど」

「ああ、そういうのって燃えますよね。でも、【雷帝】は攻防にわたって便利なスキルですから、頼りがちになっても仕方がないんじゃないですか？」

ネイの【雷帝】は、自在に雷を操るスキルで、隙がないと言っても過言《かごん》ではない。それを最もよく分かっているネイは、ヒイロの言葉に頷いた。

「そうなのよ。だからもし、戦力的に【雷帝】にも引けを取らない魔剣でもあれば、欲しいなぁ〜って」

「ふむふむ、魔剣ですか。さっきのみたいなやつですか？」

「いや〜寿命を持っていかれるのは……って、あれは？」

【森羅万象の理】を使って棚を物色していたネイが一つの品物に目を止める。彼女の反応に、いい魔剣でも見つけたのかとワクワクしながらヒイロがその視線を追うと、そこにあったのは一組の篭手だった。

「ん？　篭手のようですが？」

その篭手は、爬虫類《はちゅうるい》のような革で手の甲《こう》から肘までを覆う作りになっていて、上面には十センチ角の銀色の金属板が五枚並んで付いていた。魔剣を探していたのでは？　と疑問に思ったヒイロが困惑気味に視線を向けると、ネイは高揚《こうよう》しながら見返した。

「これ、面白いわよ！　革の部分はドラゴンのもので、銀色の金属はミスリルみたい！」

「ほほぅ、ドラゴンの革にミスリルですか！」

ネイの興奮気味の説明を受けて、その材料の希少さにヒイロのテンションも上がる。

そんなヒイロの心の火に油を注ぐように、ネイは解説を続けた。

「うん、ミスリルはMPを込めることで強度が増すという特性がある上、この籠手は込めたMPを弾として打ち出すこともできるみたい！」

「それはもしや……気弾的な、ですか！」

「気弾的な、よ！　魔力が豊富なヒイロさんにピッタリじゃない」

「それは素晴らしい！　是非ともゲットしなければ」

ホクホク顔でヒイロは籠手を掴み、コートの袖をまくって背広の上からそれを装着した。

「フフフ、これは掘《ほ》り出し物ですねぇ」

「早く実戦で使ってみたいよね」

ヒイロの腕に付けられた籠手を、ヒイロとネイはハイテンションで見つめる。そんな二人の行動を、バーラットとソルディアス王太子は呆れたように見つめていた。

「魔力を直接打ち出す、ねぇ……それでどれ程の威力が出るっていうんだ、ソルディアス」

バーラットの冷ややかな口調の質問に、ソルディアス王太子は肩を竦めて笑ってみせる。

「ハハッ、多分想像の通りだよ。魔法が発展した歴史が示す通り、魔力を直接打ち出しても大した威力にはならないね」

「じゃあ、何であんなもんがここにあるんだよ。ただでさえMPが低い前衛職《ぜんえい》があんなもん着けたがるわけないだろ」

バーラットが嘆息しながらこめかみを押さえると、ソルディアス王太子は遠くを見つめる。

「うん、そうなんだよねぇ。前衛職に高い防御力と遠距離攻撃の手段を、っていうコンセプトで最高の材料で作らせてみたんだけど……防御力を上げるにしても、魔力を打ち出すにしても、皆すぐにMP切れで倒れちゃったんだよね」

「だろうな。防御力を上げるのだって、その間は絶えず魔力を流し込まなきゃいけないんだろうし、MPの打ち出しなんて論外《ろんがい》。どっちも前衛職の微々《びび》たる魔力で何とかできるもんじゃねぇ。せめて、遠距離攻撃は付与《ふよ》した魔法を用いることはできなかったのか？」

苦々しい表情でそう聞いてくるバーラットに、ソルディアス王太子は苦笑いで口を開く。

「なんせ、使ってるミスリルが薄い板五枚だからねぇ。魔力で防御力を上げる魔法を付与したら、それ以上の効果を付与できなくなってしまったんだよ。それで、何とかならないかと試行錯誤《しこうさくご》した結果だったんだけど……」

「で、辿り着いたのがMPの直接使用か……そんなもん、宮廷魔導師クラスでも魔力が持たんぞ。大体、前衛職の観点から言わしてもらうと、魔力を通していない状態のミスリルよりもドラゴンの鱗《うろこ》の方が防御力が高いから、そっちで防具を作ってもらった方がありがてぇよ」

「だよねぇ……まったく、ヒイロ君はこちらが要らないと思ってる物ばかりに興味を示すねぇ。あげる側としては実にあげ甲斐がない」

「まぁ、素材的には高級品だし、本人が喜んでいるんだからいいんじゃないか」

深々とため息をつくソルディアス王太子に、バーラットはやれやれと肩を竦める。

「ふふふっ、いい物をいただきました」

バーラットとソルディアスの心情など露《つゆ》知らず、ヒイロは腕に装着した篭手をニコニコと見つめていた。するとそこで、ネイが魔剣を探していると聞いて一緒に探していたレミーが、少し離れた所で手を上げた。

「ネイさん！　これなんかどうです？　結構な魔力を宿してる剣があるんですけど」

「えっ！　本当？」

レミーの呼びかけに応えネイが小走りで寄っていくと、ヒイロがその後に続く。

「これです」

「どんなもんか分かんないけど、属性は水っぽいね」

レミーは棚の方を指差し、彼女の肩に座るニーアが自身の印象を語る。その言葉に促されてネイとヒイロが彼女達の指差す先を見ると、そこには一振りの剣が置いてあった。

髪の長い美しい女性——水の精霊ウインディーネが緻密《ちみつ》に彫刻された、透《す》き通るような薄い青色の鞘《さや》に納まっている。

「へぇ、水属性の魔剣か……」

ヒイロ達が見守る中、ネイは小さく呟きながらその剣を手に取り、おもむろに鞘から抜き放った。

「へっ？」

「えっ？」

「はぁ～？」

その抜き放たれた刀身を見て、ヒイロ、レミー、ニーアは間の抜けた声を上げた。正確には、刀身のある筈の空間を見て、である。

なぜならば、ネイが抜いた剣には刀身そのものが付いていなかったからだ。

しかしそんなことには動じずに、ネイは持っていた剣の柄《つか》に魔力を込める。

すると、空気中に青い光が灯《とも》り始め、それが柄の上部に集まったかと思うと、あっという間に百二十センチ程の青い刀身を形作った。

「水で刃を作る魔剣みたいね。ここには水がなかったから、空気中の水分を集めて水の刃を作ったのか」

軽く振って、水の刀身が流れるようについてくるのを確認したネイがそう言うと、ヒイロが目を丸くした。

「ほほぅ、刀身自体が属性そのものの魔剣ですか……相手の受けをすり抜けて斬りつけたりできるんですかねぇ」

「さぁ、そこまではやってみないと分からないけど……でも、刀身の水で相手を濡《ぬ》らしちゃえば【雷帝】との相性《あいしょう》はいいかも」

ヒイロの推察に笑顔で答えながら、ネイは新しい武器を満足そうに見つめていた。

# 第16話　二つの密談

ヒイロ達が宝物庫に足を運んでいるのと同じ頃、王都では二つの密談が行われていた。


「御義母様《おかあさま》」

城の三階に位置する暖かな日差しが差し込む一室。

ソルディアス王太子の伴侶《はんりょ》スミテリアが、その部屋の奥に備え付けられた天蓋付きのベッドに横たわる人物に声をかけた。

「あら……スミテリアさん。どうしました？」

「あっ！　無理をなさらないでください」

相手を優しく包み込むような柔らかい声とともに、話しかけられた人物は起き上がろうとする。天蓋に映る影を見て咄嗟にそのことを察したスミテリアは、慌ててそれを制した。

しかしベッドに横たわる人物はその声には従わず、上半身を起こしてスミテリアの方に向き直る。

「今日は思いの外《ほか》、体調がいいんです。こんな時は少しくらい体を動かさないと。ずっと横になっている方が身体に毒でしょう」

天蓋に映る影の人物は、そう言うとコロコロと笑った。

確かにその声にはいつもより力がこもっており、明るい。

言葉に嘘はないのだろうと、スミテリアは静かに頷いた。

「で、今日はどのような用件で来たんです？」

日常会話の優しい声から一転、少し声のトーンを落として威厳ある声色《こわいろ》で本題に入ろうとする天蓋の奥の人物――現国王の妻、オリミルの声に促されて、スミテリアは気持ちを切り替える。

「……はい。瘴気拡大阻止に関する褒賞をバーラット殿達に渡したことと、教会の功績独《どく》占《せん》の阻止の為の情報操作が済んだことのご報告に」

「あら、そうでしたか。それで、情報操作の方は上手くいったのですか？」

「はい。情報の性質上、民へと流すわけにはいきませんでしたから、宰相《さいしょう》の口から貴族間に徐々に浸透《しんとう》するように仕向けました」

その報告にオリミルは満足そうに頷くが、スミテリアの表情は浮かない。

「恐らく、今回の教会からの報告が王族に伝わらなかった一件は、王族の信用を失墜《しっつい》させたい元老院の工作だと思うのですが……」

「そうね。そう考えるのが妥当ですが、時期的に城への呪術攻撃が始まったのと重なるのが気になります」

「はい。城への呪術攻撃、教会からの報告の揉《も》み消《け》し。そして……御義母様への毒殺未遂《みすい》行為――」

最後の案件について、殊更《ことさら》に苦々しく口にして、スミテリアは続ける。

「全てが元老院の仕組んだ企《たくら》みだとすれば、今回のこちらの工作で何かしらの反応を示すかもしれません」

もしそうなれば、そこで絶対に尻尾を掴んでやろうと意気込みながら、スミテリアはその目に強い光を宿す。

スミテリアは、教会からの報告を揉み消した件については、正直そこまで追及できないと考えていた。呪術で頭を悩ましているであろう王族に、これ以上の問題を増やしたくなかったと申し開きをされたら、それ以上何も言えないからだ。

オリミルが毒を盛られたのは、最初に城への呪術攻撃がされた翌日だった。

幸い遅効性《ちこうせい》の毒だったのでオリミルの命を奪うには至っていないが、それでも毒の成分が分からず解毒に成功していない為、彼女は身体を日に日に蝕《むしば》まれている。この毒の最も恐ろしいところは、魔法での解毒を一切受け付けないことだった。

呪術攻撃、情報の揉み消し、特殊《とくしゅ》な毒での毒殺未遂。

この三つの事柄が繋《つな》がっていないわけがない。

そう考えるスミテリアは、その陰に元老院がいるのは間違いないと見ていた。

そんな彼女に、オリミルは静かに、しかし聞く者に異を唱えさせない威厳をもって言葉をかける。

「元老院が今回の背後にいるという貴女の意見には、確かに私も賛成です。でも、元老院も一枚岩ではありません。その辺りの見極《みきわ》めは間違ってはいけませんよ」

「バスク侯とゼイル公……ですね」

スミテリアの返答に、オリミルは満足そうに頷く。

ドルディア・デル・バスク侯爵。表面上は全員が対等と銘打《めいう》っている元老院において、事実上のトップと目される人物である。

そしてラストン・イム・ゼイル公爵。彼は貴族としての肩書き的にはバスク侯より上なのだが、元老院トップの地位を押さえられ、何かと突っかかっている人物であった。

「あの二人が仲良く国崩し、なんて想像できないでしょう。スミテリアさんはどちらが本命と考えていますか？」

　オリミルから出された問題に、スミテリアは躊躇なく答える。

「私は、バスク侯が怪しいと睨んでいます」

「あら、どうしてかしら？」

「バスク侯は、何かにつけて御義母様に食ってかかっていたではありませんか。ですから、御義母様が毒を盛られた時点で、私はバスク侯に目を付けていたんです」

　自信たっぷりにそう答えたスミテリアに、オリミルはクスクスと楽しそうな笑い声で返した。

「何が可笑《おか》しいんですか、御義母様」

　笑われて少し不貞腐《ふてくさ》れたような口調になるスミテリアに、オリミルは笑いを堪えながら「ごめんなさいね」と断って言葉を発する。

「あの人と私は幼馴染《おさななじ》みなのよ。あの人は何かと自尊心の強い人だったから……私が陛下と結婚して、立場的に私の方が上になったのが気に入らないだけなの」

「それも、憎《にく》しみの種にはなるのではないですか？」

　まるで悪戯《いたずら》っ子《こ》を諭す母のような口調で語るオリミルに、スミテリアは口を尖らせながら反論した。

　そんな彼女に、オリミルは哀《かな》しそうに俯きながら静かに頷く。

「かも……しれません。ですが、そういう個人に対する偏見《へんけん》にも似た心情は、時に真実を見る目を曇《くも》らせるものです……その辺りを踏まえて、冷静に対処してください」

スミテリアが重々しく頷くと、満足したようにオリミルは言葉を続けた。

「ホクトーリク王国の王族は古来、男は外に目を光らせ女は内を守るという風潮《ふうちょう》を守ってきました。男が外……つまりは他国に目を光らせる仕事を安心してできるように、国内の不安要素は私達が取り除かねばいけません。このことで男性陣に必要以上に心労をかけてはなりませんよ」

「はい。分かっています」

嫁《とつ》いだ時から言われ続けてきた、ホクトーリク王国の妃の矜持《きょうじ》を口に出され、スミテリアは身を引き締めて答える。

そんな張り詰めた空気を、作り出した本人であるオリミルがあっさりと破壊した。

「それが分かっていればいいのです——ところで……レクリアスが恋をしたという話をメイドから聞いたのですが？」

その声は興味に弾んでおり、先程まで漂わせていた威厳など綺麗さっぱり消えさっていた。

それに呼応するように、スミテリアも引き締まった表情を緩める。

「ええ、そうなんです御義母様！　レクリアスったら、私がせっかく必殺の表情を伝授したのに、逆に相手の計算のない笑顔に撃沈《げきちん》してしまって……」

「あらあら、それはそれは……レクリアスは今まで恋なんてしてこなかったものねぇ。仕方がないのかしら」

「本当です！　ソルディアスが異性を寄せ付けなかったせいで、免疫《めんえき》が全くなかったことが誤算《ごさん》でした。それさえ備えていれば、もうちょっと押せたものを……」

悔しそうにそう語るスミテリアを前にして、明るい話題に飢《う》えていたオリミルは嬉しそうにする。

「で、お相手の方はどんな方なの？　聞くところによると、バーラットさんのお連れの方だとか」

「はい。バーラット殿のパーティメンバーで、武も魔法も一流……ですが、ただの冒険者で……歳もソルディアスと同じなんです……」

スミテリアは、自分が推《お》している手前、プラス情報をたくさん伝えたかった。だが実際に口にしてみると好印象に繋がる情報は少なく、それでも嘘は言えないと特徴を並べていくが、その声は尻窄《しりすぼ》みに小さくなる。しかし、最後に思い出したように顔を輝かせた。

「そういえば、その方――ヒイロ殿と言うのですが、ソルディアスが大変気に入ったようで、君付けで呼んでるんですよ」

「あら、そうなの。あの子は裏表のある人間には気を許さない子だから、よっぽど誠実な方なのですね」

オリミルが興味を持ち、スミテリアは少しホッとしながら話を続ける。

「ええ、それはもう相当謙虚な方みたいですよ。牙の代金の支払いの話をした時も、白金貨八枚程度で支払いが終わっていたと思い込んでいたみたいですから」

「あらあら、欲のないこと。でも、レクリアスも純粋な子だから、そういう人と一緒になった方が幸せかもしれないわね……」

「ええ、本当に……」

「ふふっ……こんな話を聞くと、ひ孫《まご》の顔を見るまで死ねないって気になってくるわね」

「御義母様！　弱気なことを言わないでください！　御義母様の解毒方法も、レクリアスとヒイロ殿の事も、私が必ずなんとかしてみせます」

それが、義母オリミルの生きる活力になるならと、スミテリアは静かに闘志《とうし》を燃やすのだった。

そこは窓一つない空間だった。

テーブルなどの調度品すら一つもなく、壁に備え付けられたローソクの頼りない光のみが揺れている。

その円形の部屋に、七名の貴族の男達が集まっていた。

「本当に王族達を排除できるのか？　城に結界を張られ、呪術を解呪する者まで現れたというじゃないか」

「うむ、計画は当初の予定より大分ズレ始めていると思うが……モタモタしていると、あの小煩《こうるさ》い奴に勘付かれるんじゃないのか？」

五十代半《なか》ば程の男の言葉に、隣にいた老人が同調し、不安の声が周りから出始める。しかし、それを打ち破るように一つの声が上がった。

「別に問題はなかろう。確かに計画は当初の予定通りとは行ってないが、我々を監視していた、あの憎《に》っくき大鬼《オーガ》オリミルは毒を食らって病床に臥せ、残るはスミテリアのみ。あの小娘では、我々の相手などできまい」

スミテリアを見くびりきったその言葉に勇気付けられるように、不安の声は鳴りを潜める。

ここにいるのは元老院に所属している貴族達の内、今回の計画に参加した七人。

彼等は事あるごとに自分達の不正を暴《あば》こうとするオリミルに大鬼《オーガ》、その後継者《こうけいしゃ》たるスミテリアに小鬼《ゴブリン》という蔑称《べっしょう》を付けていた。

「しかし、ゼイル公……毒とは言うが、まだ死んだわけではあるまい。回復されたら元《もと》の木阿弥《もくあみ》となるのではないのかな」

先の発言をした男――ラストン・イム・ゼイル公爵に対して、先程の老人がまた不安を煽《あお》る言葉を返すが、その反論が別の所から飛んできた。

「それについては問題はありませんよ」

突然上がった若い声に、元老院の年寄七人がそちらの方に顔を向ける。

そこにはいつ現れたのか、痩せ型の頼りなさそうな青年と、青年より頭一つ大きいローブ姿の男がいた。

「問題ない……とは、どういう根拠《こんきょ》があっての言葉だ？」

突然姿を現した青年達二人に年寄連中が驚く中、一人壁に背を預け、今まで会話に参加していなかった六十代半ばの貴族――ドルディア・デル・バスク侯爵が、その言葉の真意を探る。

「はは、バスク侯……そのまんまの意味ですよ。オリミルに施した毒は、僕の協力者であるこの彼が西方から持ってきたもので、魔法による治癒《ちゆ》を一切受け付けず、この解毒剤でないと解毒できないのです。残念なことに速効性はありませんから、彼女は未だに御存命《ごぞんめい》のようですが、それも精々もって、後十五日前後かと」

青年はそこまで言うと、懐から青白い液体の入った瓶を取り出し、バスク侯に向かって掲《かか》げて見せた。

「ふん……この辺りでは出回っていない毒か……ならば、その毒と解毒剤、私にも頂こうか」

「おや？　バスク侯はこの毒に興味がおありで？」

「オリミルに毒を盛ったのは、ゼイル公……貴方ですな」

バスク侯が青年の言葉に答えずにそう言うと、それを肯定するようにゼイル公は下卑た笑みを浮かべてみせた。それで確証を得たバスク侯は青年に向き直る。

「彼に毒を盛られたらかなわないからな。解毒剤は手元に置いておきたい。毒の方は、本当に効くのか確認の為だ」

「ふん、相変わらず小心者だなバスク侯」

ゼイル公から嘲笑《ちょうしょう》混じりの声がかけられるが、バスク侯はそれには構わず青年を見続ける。

青年は肩を竦めた後、懐から赤黒い液体が入ったビンを取り出してさっきの瓶と一緒にバスク侯に渡し、気を取り直すように元老院の面々を見渡した。

「さて、それでは計画の進行状況なんですが、実はあまり芳《かんば》しくはありません。呪術の解呪をした者の暗殺をゼイル公に頼んだんですけど……失敗しちゃったみたいですね」

自分の失態を明るみにされ、ゼイル公は「ふんっ」と不機嫌そうに顔を背《そむ》ける。

「俺はそれなりの金を積んで、腕利《うでき》きを雇ったのだ。失敗はそやつらが不甲斐ないだけで、俺のせいではない」

「ははっ、標的の仲間は結構な手練れだったみたいですね。でも、魔導師の暗殺に失敗したとなると、この後の計画を少し強引なものに変えざるを得ないかもしれません」

「強引なもの？」

ゼイル公が眉をひそめながら睨みつけると、青年はにっこりと笑いながら頷いてみせた。

「我々の目的は、王族を排除してここにいる方々でこの国を掌握《しょうあく》することですよね」

「ああ、それが叶った暁《あかつき》には、王族がいなくなったどさくさに紛れて、現在男爵のお前を公爵の位に上げて元老院に加える。それがお前との契約だった」

「はい。ですが現在、魔道具による結界に阻《はば》まれ、この彼の呪術で王族を攻撃することは叶わなくなりました」

微動《びどう》だにしないローブの男の前を右へ左へと歩きながらの青年の話に、元老院の七人の貴族達は重々しく頷きながら聞き入る。

「そこで、城に勤める貴族を外で狙うことで、王族側の力を弱めると同時に『骨蜘蛛《ほねぐも》』の数を増やす計画に切り替えたのですが……それも呪術を解呪する男の出現により頓挫《とんざ》してしまいました」

「ふん、それはお前の失態だろ。契約では、王族の始末はお前の仕事だった筈だ。それができませんでしたなんて話になるなら、俺達はお前を切り捨てるまで……」

青年の話が言い訳にしか聞こえなかったゼイル公はそこまで口にしたが、青年の後ろに控えていたローブの男が発する剣呑《けんのん》な空気に気圧されて、それ以上は続けられなかった。

青年はそんなローブの男を手で制すると、顔に貼り付けたような愛想笑《あいそわら》いをそのままに、元老院の面々を見渡す。

「ははっ、本当に面目無いことですが、確かにその通りです。ですから、ちょっと強引な手を……と思いまして」

「何をする気だ？」

先程のローブの男の雰囲気に呑まれて元老院の貴族達が発言できない中、バスク侯が絞り出すように疑問を投げかけると、青年は口角を上げて病的な笑みを作り上げた。

「私が打てる手は二つ。一つは結界の魔道具の破壊、もう一つは王族を直接この手にかけることです。私としては、手っ取り早く後者と考えているんですが」

実際やるのは背後のローブの男だろうに、それをまるで自分の力で行なうかのように得意げに話す青年。一方の元老院の貴族達は、その大それた計画に、息を呑むことしかできなかった。

しかしその中で一人だけ、青年に似た狂気じみた笑みを浮かべる者がいた。

「くくっ……ふっははは……そりゃあいい。初めっから回りくどいことをしないで、そうしていればよかったんだ」

笑い始めたゼイル公に、その強硬策《きょうこうさく》に尻込みしていた他の貴族達が驚愕の視線を向ける。

「正気かゼイル公！　もし失敗してこやつらが捕まれば、芋蔓式《いもづるしき》に我々の存在も明るみに出るやもしれんのだぞ。王族側にはベルゼルク卿がいる。やつの強さは尋常ではない！」

今までの計画では、もし失敗しても彼等に火の粉《こ》が降りかかることはなかった。

しかし今回の作戦で失敗すれば、さすがにタダでは済まない筈だ。そう考えて非難の声を上げた貴族達だったが、ゼイル公に冷ややかに睨まれてしまう。

「そのくらいのリスクに臆してどうする？　それに、こいつらも勝算なくそんな計画を口にしたわけではあるまい？」

ゼイル公にそう話を振られ、青年は静かに頷く。

「ええ……『骨蜘蛛』の数もそれなりに集まりましたし、王族側の者も何名かこちらに引き入れています。王城に強行突入したとしても、十分に勝算はあります」

青年の態度は堂々としており、その姿が頼もしく見えた貴族達は「おお……」と希望のこもった声を上げ、ゼイル公は満足そうに頷いた。

「ふん、では決まりだな。で？　決行はいつにするつもりだ？」

「決行は……三日後です」

青年――クラリトス・カナス・デルロットは、静かにそう宣言した。

# 第17話　新《あら》たな同行者

宝物庫を後にしたヒイロ達は、いつもの応接間に通される。

ベルゼルク卿が開けたドアからヒイロ達全員が入室すると、一番最初に部屋に入ったソルディアス王太子が思い出したかのように声を上げた。

「あっ、そういえば、ヒイロ君に護衛……」

そこまで言いかけたソルディアス王太子を、バーラットが睨むことで黙らせる。

「私に？　何です？」

後半がよく聞き取れなかったヒイロが、小首を傾げる。

宝物庫でのバーラットとの酒争奪戦《そうだつせん》の敗北の傷心を引きずっていたせいで、言わなくていいこともうっかり言いそうになったソルディアス王太子は、慌てて言葉を濁《にご》した。

「あっ、いや……そうそう、今回の事件の解決に向けて、ヒイロ君達と行動をともにしたいって人がいてねぇ」

「行動をともに……ですか？」

ソルディアス王太子の言葉に、ヒイロがバーラットへと視線を向けると、彼は承知《しょうち》しているように軽く頷く。

それは、ヒイロ暗殺実行者を引き渡した時に、ソルディアス王太子とバーラットの間で既に決められていたことだった。

——敵は、ヒイロを標的と定めた。

ならば、ヒイロの護衛を兼《か》ねて、今この事件に関わっている戦力を集中させた方がいいだろうと判断したのだ。

ただ、普段からヒイロのわざとらしいリアクションを見ているバーラットには、自分が狙われていると知ったヒイロが挙動不審になる姿が容易《ようい》に想像できてしまった。そのため、敵にこっちが警戒していることを悟られるくらいなら、本人には黙っておこうとソルディアス王太子と打ち合わせしていたのだ。

「バーラットは承知済み……ですか。ならば、問題はないのではないでしょうか」

ヒイロの納得を得て、誤魔化しきれたとソルディアス王太子は内心ホッと一息つきつつ、後方のドアへと視線を向けた。

するとそこから、一人の二十代半ば程の青年が姿を現す。

淡い青色の金属糸を編《あ》んで作られた長袖の上から、黒い革ジャンに似た上着《うわぎ》を前を閉めずに羽織っている。赤い柔らかそうな髪をなびかせながら、甘いマスクに柔和《にゅうわ》な笑みを浮かべた青年は、ソルディアス王太子の横で立ち止まった。

その優雅な所作に、ネイがヒイロの耳元へと口を寄せる。

「なんか、どっかの漫画の主人公みたいな雰囲気の人ね」

「ええ、行動をともにってことは冒険者なんでしょうが、勇者と言われても納得してしまう容姿です」

「勇者……確かに私達よりよっぽどそう見えるわ」

神に選ばれた本物の勇者であるヒイロとネイがそんなことをボソボソと言い合っていると、レミーが目を見開き、「あっ！」と声を漏らす。

「どうしたんですか、レミー？」

「あの人……確か、ＳＳＳランク冒険者の……」

「マスティスです」

レミーの言葉に続けるようにして、青年はにこやかに自己紹介を始めた。

「そちらのお嬢さんの言う通り、冒険者でランクはＳＳＳですが、まだまだ若輩者《じゃくはいもの》なので、よろしくお願いします、皆さん」

爽《さわ》やか、その一言が似合うマスティスは、ヒイロ達に頭を下げた。

ヒイロは彼の謙遜《けんそん》した態度と言葉に好感を持ちつつ、自己紹介に応えるべく口を開く。

「これはご丁寧に。知っておいでのようですが、私はヒイロ、冒険者でランクはＣです。しかし……冒険者は、ランクに比例して傲慢《ごうまん》な方が多くなっていくと思っておりましたが、マスティスさんはなかなかに謙虚な方ですねぇ」

皮肉を効かせつつチラッとバーラットに視線を向けるヒイロだったが、当の本人はフンッとそっぽを向く。その光景を見たマスティスはクスクスと楽しそうに笑みを零した。

「確かに、バーラットさん程の実力があれば、僕ももう少し好き勝手に振る舞えるかもしれませんが……僕はまだまだその域には達していませんから」

「でも、ランクはSSSで、バーラットより上なんだよね。あっ、ぼくはニーア、よろしくね」

自分はバーラットよりも格下だと公言するマスティスに、ヒイロの肩に座るニーアが疑問を投げかけるついでに自己紹介を済ませる。

そんなニーアに「よろしく」と律儀に返した後で、マスティスは大袈裟《おおげさ》にかぶりを振った。

「確かにランク的には僕の方が上ですけど、それは実力によるものではありません。僕はホームがここ、センストールなので国からの依頼を受けやすく、王族の方々の覚えがよかっただけです。それに、バーラットさんは何度かSSSランクへの昇格《しょうかく》の話を蹴ってるみたいですから」

「はぁ？　昇格の話を断ってるんですか？」

元の世界では万年平社員、昇格は夢のまた夢だったヒイロが、驚きの視線をバーラットへと向ける。まるで奇異な物でも見るかのような視線を向けられたバーラットは、居心地が悪そうに視線をそらした。

「なんでまた……」

「ヒイロさん」

バーラットに対して追及の声を続けようとしたヒイロに、マスティスが声をかける。

「えっ、何でしょう?」

話の腰を折られながらも、呼びかけられて律儀に視線を戻したヒイロに、マスティスはにこやかに微笑んだ。

「実は、行動をともにするにあたって貴方の実力を知っておきたいのですが、手合わせをお願いしてもいいでしょうか?」

「はい? 私と……ですか?」

突然の申し出に、驚きながら自分を指差すヒイロに、マスティスは笑顔をそのままに頷く。

「はい。ヒイロさんの戦闘スタイルは徒手空拳《としゅくうけん》と聞きました。そちらのお嬢さん方……ネイさんやレミーさんのように、剣や短刀を使う人ならまだ想像がつくのですが、恥ずかしながら経験不足で、徒手空拳の方の戦い方が想像できないのです。ですから、これから一緒に戦うことになるかもしれないヒイロさんの動きを、実際に見てみたいのです」

「そう……なんですか」

マスティスの言葉に、ヒイロはためらいながらも納得してしまう。

勿論、今のマスティスの発言はただの方便である。本当の狙いは、護衛対象の実力を測《はか》りたいというところにあった。

しかしながら、そんなマスティスの腹積もりなど知《し》る由《よし》もないヒイロは、悩んだ挙句に渋々ながら頷く。

「まぁ……そういうことならお受けします。でも、落胆しないでくださいね。私の戦い方は、いつもバーラットに叱られる程に不格好《ぶかっこう》ですから」

「えっ！　バーラットさんの指導を受けているんですか？　それは羨《うらや》ましいなぁ」

「ははは……遅々《ちち》として上達しないんですけどね」

最近のバーラットからの指摘は、初めの頃の大雑把《おおざっぱ》なものから、細かいものへと変わってきてはいる。しかし、これまで差に気付かないヒイロは「いつまで経っても、バーラットの文句が減らないのです」と苦笑いを浮かべた。

そんな彼に、ソルディアス王太子が近付きその肩を抱く。

「それじゃあ話も決まったことだし、戦いやすい場所に移ろうか、ヒイロ君」

ソルディアス王太子はそう言ってヒイロを連れ出し、部屋の入り口の脇に控えていたベルゼルク卿も続く。そして当然、マスティスもその後に続こうとしたのだが、その肩をバーラットに掴まれた。

「なんです？　バーラットさん」

キョトンとして首だけで振り返るマスティスに、バーラットは手を彼の肩に置いたまま口を開く。

「ヒイロとの手合わせなんて話、聞いてないんだが？」

「ははは、言いませんでしたから。僕が受けた依頼はヒイロさんの護衛……彼の実力を知っておきたかったんですよ」

「ふむ……その気持ちは分からんでもない。しかしヒイロは厄介だぞ。おそらくお前が今までに体験したことのないであろう強さを持っているからな」

ヒイロのトンデモっぷりを痛い程知っているバーラットは、こんな無駄な力試しで貴重な戦力を減らしたくないと忠告するが、その言葉にマスティスは笑みを消し真顔になって答える。

「彼が強いことは分かってます。バーラットさんがパーティを組む程のお人ですから」

その真面目な表情には、ヒイロを見下す様子は微塵《みじん》もない。油断さえしなければ戦闘不能になるほどの怪我をすることはないだろうと、バーラットは彼の肩を離した。

「いいか、ヒイロは隙だらけで注意力も散漫《さんまん》だから、一見素人にしか見えないが、その一撃は疾《はや》く、鋭く、重い。絶対にあいつの攻撃をまともに喰らうな。喰らったらしばらくはベッドから出られなくなるぞ」

バーラットのアドバイスに慎重に頷き、マスティスはヒイロ達を追って部屋を出ていった。

それに続こうとバーラットが足を踏み出したところで、彼の隣にレミーが並ぶ。

「マスティスさんは、ヒイロさんの護衛目的で私達に合流したんですね」

「護衛って、今日ここに来た時に言っていた襲撃者とやら絡《がら》みですよね。前もって決まっていた話なら、事前に話してほしかったです」

レミーの言葉に、バーラットを挟んで反対側に並んだネイが続く。すると、バーラットは曖昧《あいまい》な笑みを浮かべながら肩を竦めた。

「済まんとは思ったんだが、お前らが思ってたような反応をしたら、自分だけ知らなかったヒイロが拗ねそうだったんでな……いいか、護衛の話はヒイロにはするなよ」

「ヒイロさんは自分が狙われてると知ったら、落ち着きがなくなりそうですものね……そんなヒイロさんに内緒で護《まも》りを堅《かた》くするってことは、ヒイロさんを餌《えさ》に敵を釣りだそうって魂胆《こんたん》ですか？」

顎に指を当てていたレミーの言葉に、ネイはギョッと目を見開き、バーラットはしたり顔でニヤリと笑う。

「ああ、その通りだ。まぁ、殺そうとしてもそうそう死にそうにないヒイロが餌なら、護らなきゃいけない俺達としても気が楽だろ」

カラカラと笑うバーラットに、レミーは納得がいったと大きく頷き、ネイは顔を手で覆って大きく嘆息するのだった。


城の庭園の片隅《かたすみ》、城壁《じょうへき》の角にあたる草木の生えていない広場で、ヒイロはマスティスと対峙《たいじ》していた。

「なんか、最初っから追い詰められているような……」

ソルディアス王太子とともに先頭を歩いていたヒイロは、城壁の角に背後を阻まれた位置に立たされていた。それは広々とした庭園を背中に立つマスティスに対して、逃げ場がない位置であった。

背後にそびえ立つ高さ十メートル近い城壁に圧迫感を感じながら、自身の動きを制限されているヒイロが苦笑いを浮かべると、マスティスはそんな彼に提案する。

「立ち位置が気になるのでしたら、場所を代わりましょうか？」

自信溢れる笑顔でそう聞いてくるマスティスに、ヒイロは静かにかぶりを振った。

「いえ、市街地戦では、こういうシチュエーションも多々あることでしょう。今後を考えれば、今こういう状況を経験しておくのは悪いことではないと思いますので」

「なるほど、向上心は多分におありのようですね」

ヒイロの返答に、その前向きな姿勢を感じ取ったマスティスは、表情を引き締め腰の剣を抜き放った。

「えっ！　手合わせって、真剣でやるんですか？」

その切っ先を向けられヒイロがギョッとすると、マスティスはキョトンとする。

「互いの手の内を確認する為の手合わせですから、愛用の剣を使うのは当然だと思ったのですが……」

「いやいやいやいや！　さすがに真剣は危ないいんじゃあ……」

「大丈夫ですよ。危ないと思ったら寸止めするくらいの力量は持ち合わせています。それに、ヒイロさんの拳は真剣以上に危険だと聞いてますから、危険度で言えば僕の方が高いかと」

そう言われてヒイロは自身の拳を見つめる。

この世界に来て今まで、数々の危険を乗り越えてきた自身の拳は、確かにマスティスの言う通りに危険かもしれない。そんな気がして、ヒイロは握った拳をそのままに静かに構えを取った。

「確かに、私の拳は立派な武器ですね。私の武器はそのままなのに、マスティスさんの武器だけ安全な物に替えてほしいなんて、都合のいい話でした。申し訳ありません」

「いいえ、分かってもらえればいいんです」

ヒイロの構えに対し、マスティスは剣を両手で持ち、正眼《せいがん》に構えてその切っ先をヒイロへと向ける。

「準備は整ったようだね——では、始め！」

二人が戦闘態勢に入ったところで、少し離れた場所でバーラット達とともに立つソルディアス王太子が高々と上げた右手を振り下ろし、戦いの始まりを宣言する。

しかし、二人はすぐには動かなかった。

マスティスはヒイロの出方を窺おうと、剣の切っ先をヒイロへと向けたままその場から動かない。それに対してヒイロも、その切っ先が気になり思うように動けずにいた。

ヒイロがマスティスを中心に円を描くようにゆっくりと左手の方に移動しても、相手もその動きに合わせて体の向きを変える為、剣の切っ先は常に自分に向けられたままなのだ。

（やり辛《づら》い、ですね。このまま間合いを詰めても剣のリーチがあるため、先手を取られるのは目に見えています）

ヒイロが初めて人と戦ったのは、魔族の郷でのバーラット戦。だが、あの時は自身の意思はなかった。

次は魔族の少女だが、結果はただ体当たりで吹き飛ばしただけであり、その次のコーリの街からキワイルに向かう途中で出会った山賊は実力が違い過ぎて論外。

唯一まともに戦った妖魔の貴族は、武器を持っていなかった。

武器を持つ相手との戦闘は初めてだと気付き、ヒイロは冷や汗をかく。

（う〜ん、武器を持った人との戦いがこんなにやり辛いものだとは……いっそ、魔法で遠距離攻撃でも……）

そんなことを考え始めたヒイロだったが、そこで自身の腕に装着された篭手が目に入った。

（そういえば篭手を着けていたんでした。これなら最悪、腕で剣を受けることができますね……では、小手調《こてしら》べに10パーセントで行きます！）

実際、篭手とは腕への怪我を回避《かいひ》するものであり、武器での攻撃を積極的に防ぐのには向いていない。相手の攻撃を弾くのには盾を使うのが一般的である。

しかしそんな常識を知らないヒイロは、身に着けた篭手に信頼を寄せ、先手を取らんと【超越者】を10パーセントに引き上げてその足を踏み出した。


「マスティスがヒイロに挑《いど》むって話、聞いてたのか？」

遠巻きにヒイロとマスティスの対決を見ていたバーラットが隣を見ながらそう言うと、話しかけられたソルディアス王太子は視線を前に向けたままニッコリと笑ってみせた。

「マスティスは、君のパーティご一行の実力が気になってたみたいだったからね。だったら自分で確かめてみたら、とは言ったかな」

「焚きつけたのはお前か」

二人の挙動から目を離さないソルディアス王太子の姿に、ヒイロの実力を見たいのはお前も同じだろと思いつつ、バーラットはため息を漏らす。

「エンペラークラスの魔物を倒した英雄とSSS冒険者の戦いなど、そうは見られるものではないからな」

ソルディアス王太子の背後に立つベルゼルク卿は、そう言った後で視線を王城の方に向け、「ほら」とバーラットに促す。

バーラットが王城の方に目を向けると、二階のテラスに立ち、二人の戦いを見下ろすバルディアス王とフェス王子の姿があった。

「かっ！　あいつらも高みの見物かよ」

「まっ、こんな戦い見逃す手はないからね」

呆れたように言い放つバーラットにソルディアス王太子がそう返すと、「背後にもいますよ」とレミーが付け加える。

そちらについてはあえて触れずにいたのだが、バーラットも気付いていた。横目でチラリと視線を向けると、木の陰から二人の戦いを心配そうに見つめるレクリアス姫の姿がいた。

「父にしごかれる弟を心配する姉みたい……」

バーラットとともに背後に視線を向けたネイが、苦笑交じりにそんなことを言う。バーラットはその言葉を無視して真顔になりながらソルディアス王太子へと向き直った。

「まぁ、観戦者のことは置いておくとして……戦力を俺達のところに集めるって話だった筈だが、他の連中はどうしたんだ？　確か、ＳＳランクの冒険者パーティが二組動いているんだよな」

「そうだよ。だけど、今回の件で招集《しょうしゅう》しようと繋ぎの兵を送ったんだけど、どうしても連絡が取れないんだよ」

視線はそのままに、軽い感じで、それでも困ったように肩を竦めるソルディアス王太子に、バーラットはギョッとした。

「連絡が取れないって……まさかやられたのか？　それとも……」

裏切った。その言葉は口に出さないバーラットに、同じ憶測を抱いていたソルディアス王太子は、小さくため息をついた。

「前者ならまだマシだよね。でも、後者なら……」

「困ったことになりそうだよ」と呟いた直後、ソルディアス王太子はハッと目を見開く。

「あっ、ほらヒイロ君が動くよ」

事は一大事に違いないのだが、ソルディアス王太子の言葉に釣られたバーラットは、ヒイロ達の方へと視線を向けるのだった。

# 第18話　SSSランクの実力

ヒイロは一気に間合いを詰める。

それは虚実を交えない、直線的な詰め寄り方だった。だがその分、速さという面では優れていた。

普段のマスティスならば、あまりにも裏表のない、悪く言えば考えなしとしか見えないヒイロの動きに面食《めんく》らって、対処が遅《おく》れていたかもしれない。しかし、ヒイロが素人臭いという前情報を貰っていた彼は動じずに一歩踏み出し、剣を持った両手をそのまま前に突き出す。

それは剣身にブレがない、見事な突きだった。

その切っ先を向けられていたヒイロには、剣の先端だけが徐々に大きくなっていくようにしか見えない。

対象物が点である為、遠近感が掴みづらい突き。並の戦闘職ならその突きのスピードも相まって、気付く前に顔を突き抜かれていたであろう。

しかし、【超越者】によって動体視力の上がっていたヒイロには、切っ先の変化がしっかりと見えていた。

「ややっ!」

自分の顔めがけて迫り来る突きに驚きながら、ヒイロは大袈裟《おおげさ》に上半身を捻る。そしてそのまま一歩踏み込み間合いを詰めつつ、捻った腰を戻すようにして右の拳をマスティスめがけて打ち込んだ。

慌てているようでちゃっかり躱しながら反撃までしてみせるヒイロに、今度はマスティスが目を見開き驚くが、そこは経験豊富な一流の冒険者である。

突いた腕を引き戻しながらバックステップでヒイロの拳を躱した。

「……動きは大袈裟でいかにも素人臭いですけど、動体視力と反応速度、それに膂力《りょりょく》が異常ですね。突きを躱されたのにも驚きましたが、そこから更に反撃がくるとは……見事ですヒイロさん」

マスティスは距離を取って構え直しつつ、冷静にヒイロの能力を分析して笑みを零した。それに対してヒイロは苦笑いで答える。

「はは……結構冷や汗モノだったんですけど、マスティスさんにとっては少し驚いた程度だったご様子ですね」

「いえいえ、僕も背中に冷たいものが流れましたよ。あの大気を切り裂くような拳の音……当たったらどうなるかヒヤヒヤしました」

「当たったら、ですか。でも、ここでやめないところをみると、当たらない自信がおありのようですね」

「さぁ？　それはどうでしょう」

マスティスはそう言って、一歩踏み出した。

切っ先を相手に向ける正眼の構えから上段の構えに移り、そのまま袈裟《けさ》斬《ぎ》りに振り下ろすが、ヒイロは腰を屈《かが》めてそれを躱す。

そして腰を伸ばして詰め寄ろうとしたヒイロの胴に向かって、マスティスは振り下ろしていた剣を振り上げた。

ギンッ！

甲高い金属音が響き渡る。振り上げられた刃を、ヒイロが魔力を込めて防御力を上げたミスリルの篭手で受け止めた音だ。

狙い通り、篭手での受けは通じる。その事実に笑みを零しつつ再び間合いを詰めようとするヒイロだったが、マスティスはそれよりも早く剣を引き、突きを放った。

「のおっ！」

すんでのところで突きを躱しつつ、ヒイロは崩れた体勢を立て直すように二、三歩バタバタと後退する。チャンスと見たマスティスは、そこで一気に攻勢に入った。

「おうっ！　ひゃっ！　あうっ！」

ヒイロは迫り来る猛攻《もうこう》に、横薙《よこな》ぎされれば首を竦めながらガニ股《また》に腰を屈めて躱し、縦に振り下ろされれば相手に対して横向きになって直立不動でその刃を顔すれすれに通過させる。そして足元を狙われれば足を開脚させながらジャンプして躱した。

そのコミカルな動きに、ソルディアス王太子は腹を抱えてケラケラと笑う。

「アッハハハハハハッ！　ヒイロ君は本当に面白い戦い方をするね」

「ああ、まったくだ。本当に相変わらず無駄な動きが多い」

「うむ、だが攻撃自体は見えているようだな」

バーラットはこみかめを指で押さえながらソルディアス王太子に仏頂面で答えるが、ベルゼルク卿はヒイロの反応速度に驚きを見せていた。

その横では、レミーは冷静に鋭い視線で、ネイは拳を軽く握ってハラハラしながら、更にネイの肩の上ではニーアが拳を振り上げ興奮気味にヒイロの戦いを見ている。

「あーもうっ！　ヒイロったらなんで反撃しないのさ！」

「無駄な動きが多すぎます。今までの相手ならそれでも反撃する余地はありましたが、さすがはSSS冒険者のマスティスさん。隙がありません」

「でも、強かった妖魔貴族には反撃できてたじゃないか。あいつもあの調子でやっちゃえばいいのに」

レミーの冷静な返答に、ニーアは両の拳をシュッシュッと突き出しながら自分が戦っている気分になりつつ反論する。そんな彼女に対して、ネイが口を開いた。

「多分、相手が武器を持ってるからじゃないかな。妖魔の時は武器を持ってなかったから攻撃を受けるのを覚悟で突っ込んでいってたけど、刃物を向けられる恐怖心で必要以上に避ける動きが大袈裟になってるんだと思う」

「えー……そうなの？　ヒイロならちょっとくらい攻撃を受けても大丈夫そうな気がするんだけど」

「かもしれないけど、そう分かってても刃物に対する恐怖心は拭《ぬぐ》えるものじゃないよ」

ヒイロと同郷、平和な日本で暮らしてきたネイにはその気持ちがなんとなく分かっていた。

相手が武器を持っていても、実力差があるのならまだ心にゆとりが持てる。しかし、相手の力量が自分と肉薄《にくはく》していれば、攻めよりも守りに気がいってしまうのは仕方がないと、ネイはヒイロの心情を見抜いていた。


（攻めきれない……）

傍《はた》から見れば優勢《ゆうせい》であるマスティスは、攻撃が当たらないことに困惑していた。

実力差があれば、数回刃《やいば》を交えるうちに斬り伏せられる。

実力が拮抗《きっこう》していれば、いつかはこちらの攻撃を紙一重《かみひとえ》で躱し反撃してくる。

今までのマスティスの経験では、その二択が全てだった。しかし、ヒイロはそのどちらにも全く当てはまらない。

動きはいかにも素人臭いのに、攻撃が当たりそうで当たらない。かといって、相手の反撃を促す為にわざと隙ができる大振りな攻撃をしても、それ以上に大袈裟な回避行動をされて反撃してこない。しかも躱す動きが独特《どくとく》過ぎて、先読みすることも叶わないでいた。

このまま躱され続ければ、いつかはこちらが攻め疲れてしまう。マスティスはそう危惧《きぐ》していた。

(もしかしてこれは、僕を疲れさせるための作戦なのか?)

そんな疑心暗鬼《ぎしんあんき》に囚《とら》われ、マスティスは攻撃の手を止めて一度ヒイロから距離を取る。

(あのスキルを使えば攻撃を当てられるかもしれない……でも、たかが手合わせでスキルを使うのもどうだろうか? ……ふふっ、いつの間にかこっちの選択肢が限られてしまっている。さすがはバーラットさんとパーティを組んでる人なだけあるなぁ)

好奇心で挑んだこの戦いが面白くなり始めて、マスティスは乱れ始めた息を整えつつ、口元に笑みを浮かべた。

一方のヒイロは、突然距離を取ったマスティスに、一息つけると安堵しながらも警戒の視線を向ける。そこでマスティスが口元に笑みを浮かべているのに気付いて、頬を引き攣らせた。

（マスティスさんには、まだまだ余裕がおありのようですね。これは【超越者】さんを20パーセントまで引き上げるべきでしょうか？）

そう考えたヒイロだったが、かつて20パーセントで攻撃を加えた山賊が瀕死《ひんし》になったことを思い出し、ブンブンと首を振ってその考えを振り払った。

（人間相手に20パーセントは危険です。この選択は、今の10パーセント状態の攻撃を受けてもマスティスさんが平然としていた時に考えるべきですね。でも、その攻撃が当たってくれないんですよねぇ……というか、攻撃自体させてもらえてません。せめて、こちらにも武器があれば……）

ヒイロはそこまで考えたところで、宝物庫から興味本位で持ってきたアイテムを思い出し、マジックバッグに手を突っ込んだ。

（武器……と呼べる程の物ではありませんが、リーチ的には少しはマシになるでしょう）

マジックバッグから出したのは、【超越者】10パーセントでもズシリと重く感じる鉄扇。

ヒイロは閉じたままのそれを、マスティスに向けた。

「うん？　武器を持ってたんですね。でも、それは……短い鉄の棒？」

自身の持つ剣の四分の一程度の長さしかない鉄の棒。そうとしか見えないヒイロの持つ鉄扇に、マスティスは興味を示した。

「ただの棒、ってことはないですよね。でも僕の愛剣である聖剣《せいけん》アルシャンクに優《まさ》るとは思えません」

自身の剣を誇るマスティスに、ヒイロはギョッと目を見開く。

「その剣、聖剣だったんですか⁉」

「ええ、人相手にはあまりありがたみがありませんが、魔物や闇に属する者には絶大な効果を発揮してくれます」

「……そんな物、単なる腕試しで使わないでくださいよ」

心底疲れ切ったようにそう呟くヒイロに、マスティスは一旦《いったん》剣を下げて肩を竦めた。

「手に馴染んだ剣なもので……それに、人相手には効果はないって言ったでしょう。だから、その辺は大目に見てください」

「まったく、こっちは何の魔力も宿ってないただの金属だというのに……」

口を尖らせながらもヒイロが鉄扇を畳んだまま構えると、マスティスはその姿を見てニヤリと笑った。

ただの鉄の棒だとしても、武器を持てば人の動きは制限される。

攻撃なら突くか振るう、防御なら受ける、と動きが読み易《やす》くなるのだ。

今までヒイロの動きが読み辛く困惑していたマスティスは、これで大分戦い易くなったと上段に剣を構えた。

「はあっ！」

マスティスは気合いとともに、間合いを詰めて剣を振り下ろす。

これでヒイロは、手に持つ鉄の棒を頭の上に掲げて剣を受け止める筈。そんな計算をしていたマスティスの読み通り、彼は鉄扇を水平に頭上へ上げた。

(やっぱり！　ならば、全力の振り下ろしを受けさせて動きを止めた後で、剣を引いて突く。それも躱されたら……)

やっと読めるようになったヒイロの動きに歓喜して、先読みしていたマスティスだったが——

ガギッ！

ヒイロの鉄扇と自身の愛剣がぶつかり合った瞬間、鈍い手応えとともに、鈍い音が聞こえきてギョッと目を見開く。彼の目には、ヒイロの鉄扇に自分の愛剣の刃が食い込んでいるように見えた。

だが切った時の手応えではない。

「…………」

一瞬動きを止めたマスティスが恐る恐る剣を引き上げると、彼が誇る聖剣は、閉じた鉄扇の形に大きく欠けていた。

それを見たマスティスは、顔を引き攣らせて硬直する。

そしてその様子を見たバーラットも唖然としていた。

「とんでもねぇウェポンクラッシャーだな……あの鉄扇とかいうやつ」

「アダマイン製の武器や防具を使ったっていう記録はないからねぇ。アダマインの棒で受けると聖剣でもああなるのか」

「まぁ、聖剣といっても材質は恐らくミスリル辺りだろうからな……ヒイロの怪力で固定されたアダマインに思いっきり叩きつけたら、強度的に弱いミスリルの方が刃こぼれするってのは分かりきってるな」

バーラットは呆れたように、ソルディアス王太子は楽しげに感想を述べる。

「マスティス、憐《あわ》れな……」

そしてベルゼルク卿は哀れみの視線をマスティスに向けていた。

「えっと……バーラット？」

硬直してしまったマスティスのことを頬を掻きながら見ていたヒイロだったが、いつまでも復活の兆《きざ》しがないのでバーラットの方に視線を向ける。するとバーラットは、固まってしまったマスティスをしばらく見た後、目を閉じて首を左右に振った。

「……終わり……ですか？」

得物《えもの》を持って仕切り直しと思っていたヒイロは、呆気《あっけ》なく決着がついてしまい戸惑《とまど》いを見せていた。そんな彼の前に、木の陰に隠れていたレクリアス姫が姿を見せる。

「ヒイロ様！」

元々準備していたのだろう、タオルを片手にヒイロに向かって駆け寄っていくレクリアス姫。その声にいち早く反応したのは、機能停止していたマスティスだった。

「レクリアス姫様⁉」

レクリアス姫の声を聞くや否《いな》や再起動したマスティスは、駆け寄ってくる彼女の姿をその目に捉えると、軽く咳払いして体裁《ていさい》を整えつつ満面の笑みを浮かべた。

「レクリアス姫様、見ておいででしたか。これはまた恥ずかしいところを見られて……」

後頭部に手を当てて恥ずかしそうにレクリアス姫に話しかけるマスティス。しかし、彼の声はレクリアス姫には届かなかったのか、彼女はそんなマスティスの横を素通りしてヒイロの下へと駆け寄った。

「ヒイロ様、お疲れ様です。よろしかったらこれで汗をお拭《ふ》きください」

俯き気味に赤面しながらタオルを差し出してくるレクリアス姫。ヒイロは差し出されたタオルと、レクリアス姫に無視されて再び硬直してしまったマスティスの後ろ姿を交互に見やって、苦笑いを浮かべた。

「えっと……レクリアス姫様？」

「はい、なんでしょうヒイロ様」

苦笑いのまま遠慮気味にヒイロが声をかけると、レクリアス姫はヒイロに名前を呼ばれたことが嬉しくて顔を上げる。

苦笑いと満面の笑み。二人はしばらく種類の違う笑顔で見つめ合っていたが、我慢できずにヒイロがちょいちょいとレクリアス姫の後方を指差す。

するとと彼女は、不思議そうに小首を傾げた後で後方を振り返った。

「えっと……あの方は確か……マスティスさん……でしたか？」

ヒイロが指差したことでやっとその存在に気付いたレクリアス姫は、それがどうかしましたかと言わんばかりにヒイロへと向き直る。

どうやら、二人が戦っていた時もレクリアス姫の目にはヒイロの姿しか映っていなかったようだ。

「えっと……何でもないです」

マスティスのレクリアス姫を見た時の反応で、彼が姫に好意を寄せていると思い至ったヒイロ。しかし、レクリアス姫のあんまりな反応に、これ以上何を言っても彼の傷口を広げるだけだと判断して、礼を言いながら申し訳なさそうにレクリアス姫からタオルを受け取る。

その様子を見て、ベルゼルク卿が再び小さく呟いた。

「マスティス……憐《あわ》れな」

# 第19話　元老院の重鎮《じゅうちん》

王城、三階の奥にある一室。

日も暮れ薄暗い部屋で病床に臥せっていた王妃オリミルは、気配を感じて目を開けた。

「女性の部屋にノックもなしに入ってくるなんて、いつからそんな礼儀知らずになったのかしら」

視線はベッドの上方の天蓋に向けたまま、少し不機嫌そうに零すオリミル。

そんな彼女の言葉に、部屋のドアの横で壁に背中を預けていた体格のいい老貴族は、白いあご髭を指で扱《しご》きながら小さく肩を竦めた。

「緊急の用があったんだが、堂々と訪ねるわけにもいかんから、こっそり入らせてもらった。でも、お前が寝てたもので、どう声をかけるべきか悩んでいたところだったんだ」

「あら、どんな理由があっても、女性の部屋に無断で入るのは重罪なのよ。知らなかったの？」

上半身を起こし、少しきつい口調で責めてくるオリミルに、老貴族は「それは知らんかった。以後気を付ける」とため息混じりに答えると、歩を進めベッドの天蓋の中へと入っていった。

オリミルは艶《あで》やかな長い銀髪を三つ編みに束ね、肩口から胸元に垂らしていた。その顔は齢《よわい》に比例した皺が刻まれてもなお美しかったが、それも長い闘病生活でやつれてしまい、かつての輝きに陰りを見せていた。

「減らず口が減ってないから、もう少し元気な姿かと思ったが……大分やつれたな。もう、起きているのも辛いんじゃないか？」

そのやつれ具合に内心では悲痛な気持ちになりながらも、そんなことはおくびにも出さない老貴族。しかしオリミルも彼に負けず、毒に侵《おか》された苦痛を全く表に出さずに笑ってみせた。

「ふふっ、まだまだ弱音を吐く程弱ってはいませんよ。で？　今日は何の用で来たんですか」

「ふん、相変わらず大した胆力《たんりょく》だ。だが、それも時間の問題だろう。このままお前が毒に負けたとあっては俺も面白くない。だから、今日はこいつを持ってきてやった」

老貴族はぶっきら棒に言いながら、懐から赤黒い液体が入った小瓶を取り出しオリミルに渡す。

「毒に対する効果は実証済みだ。本当に手遅れになる前にさっさと飲め」

「あら、今日は私の誕生日《たんじょうび》でもないのに、素敵なプレゼントを持ってきてくれたんですね」

手の中にある小瓶の中身が何であるか察したオリミルは、そう言いながらコルクの蓋《ふた》を開けようとする。しかし毒で弱ってしまった彼女には、それを開ける力すら残っていなかった。

「貸せ！　まったく……トゲ付き巨大メイスを微笑みながら振り回し、罪を犯した貴族を追い詰めていたお前はどこに行ったのやら……」

老貴族はオリミルから小瓶をひったくると嘆息しながら蓋を開け、再び小瓶を押し付ける。当のオリミルは、申し訳なさそうに苦笑いを浮かべた。

「そんな若い頃の話を持ち出さなくても……でも、貴方の言う通りね。気力ではまだまだ負けてないのだけど、身体は正直……まさか小瓶の蓋を開けられない程弱っていたなんて、思ってもいなかったわ」

弱っているところを老貴族に見られて気落ちしながら、オリミルは受け取った小瓶を口に運ぼうとしたのだが――

「お待ちください！　御義母様！」

ドアを乱暴に開け、唐突に部屋へと入ってきた乱入者の怒鳴《どな》り声が響きわたる。オリミルは口をつけていた小瓶の縁《ふち》から唇を離し、そちらへと視線を向けた。

そこには、息を切らし肩で大きく息をするスミテリアの姿があった。

スミテリアは肩を怒らせ、ドカドカと大股でベッドに近付いてくると乱暴に天蓋を開く。そしてそこに老貴族の姿を見つけ、スミテリアはキッと彼を睨みつけた。

「ドルディア・デル・バスク侯！」

「スミテリア妃……俺がいると分かっていながら、一人で来るとは感心しないな」

万人が畏怖《いふ》を抱くであろう、スミテリアの怒り狂った視線を軽く受け流し、バスク侯がため息混じりに軽く首を左右に振る。その姿が自分をバカにしているように思えて、スミテリアの顔がみるみる赤くなった。

「ふん！　警備の者は外に控えさせています。ここは王妃である御義母様の部屋、異性をおいそれと入れてよい場所ではありませんから」

「変なところで律儀だな……」

「スミテリアさん、あまり感情的にならないの。緊迫した時こそ冷静に対処しなさい」

部屋の外は固めていると、怒りながらも勝ち誇るスミテリアに、バスク侯が呆れたように、オリミルが困ったように言葉をかけると、彼女は「うっ」と一瞬言葉をなくした。

しかし直後、スミテリアは視線の先にオリミルの持つ小瓶を見つけ、慌てて口を開く。

「御義母様！　それを飲んではいけません。バスク侯の持ってきたものなど、何が入っているか分かったものではありません！」

「ふふっ、この小瓶の中身が何か、ということは分かりきってますよ」

スミテリアの心配をよそに、オリミルは一気に小瓶を呷《あお》る。そして、不安げな視線を向けてきているスミテリアにニッコリと笑ってみせた。

「ほら、大丈夫でしょ」

「な……ぜ？」

何故オリミルがそこまでバスク侯を信頼できるのか理解できず、絞り出すように疑問を投げかけるスミテリア。そんな義理の娘に対して、オリミルはバスク侯にちらりと視線を向けてから口を開く。

「バスク侯は……ドルディは敵ではありません。それは昔と変わらない目を見れば分かります。どうせ国を案じて自《みずか》ら敵の中に飛び込んだんでしょう。まったく……それならそうと、行動する前に言ってくれれば、私も貴方は敵じゃないと自信を持って言えたのに」

昔の愛称を持ち出して非難の目を向けてくるオリミルに、バスク侯は居心地悪そうに顔を背ける。

「ふん、別に国の為にやったわけではない。我が家名を高める為にやっただけのこと……だから、別にお前の承諾《しょうだく》など必要あるまい」

あくまで自身の利益の為と言い張るバスク侯の姿に、オリミルは口に手を当ててクスクスと笑みを漏らす。

「相変わらずだこと……それで、プレゼントはこれだけなんですか？」

「ちっ、がめついやつだ」

オリミルの催促《さいそく》に、バスク侯は仏頂面のまま懐《ふところ》から一枚の羊皮紙《ようひし》を取り出すと、乱暴にスミテリアの前に差し出した。

スミテリアは差し出された羊皮紙を不審に思いながら受け取ったが、そこに書かれている名前の列を見て息を呑む。

「これは……」

「今回の事件の首謀者と手を組んだ元老院の六名。そしてその六名の呼びかけに呼応した貴族どもの名だ」

そこには元老院に属する六名の他、八人にも及ぶ貴族の名が連《つら》ねてあった。その総数は、センストールに住む貴族の四分の一に達する数である。

「こんなにいたなんて……」

絶句《ぜっく》するスミテリアに、バスク侯は苛立《いらだ》ちを隠さずに口を開く。

「貴族という地位を国王陛下から拝命されておきながら、王の椅子を欲した厚顔無恥《こうがんむち》な連中……貴族としてのプライドを持たぬ恥知らずな者どもだ」

吐き捨てるようなバスク侯の言葉に、オリミルは寂しそうに俯く。

「平和な時が長すぎたのかもしれませんね。元々は国を守る側だった筈の貴族が、平気で国を害する側に回る。本当に残念なことです」

「連中にとっては、国に害をなすなんて感覚はないのかもしれぬ。ただ、自分達がその首に取って代わろうぐらいの考えなのかもしれんな。首――国王陛下こそが国の象徴《しょうちょう》だというのに、奴等の象徴に対する認識はあまりにも甘い」

項垂れるオリミルに、バスク侯が本当に憎々《にくにく》しげに呟き、それにスミテリアも怒気を目に宿して続く。

「陛下は他国から名君と認識されているのに……そんな陛下を追い落としたら、自分達が他国からどう見られるかなんて考えてないのかしら！　忠誠心のない卑劣者《ひれつもの》、時勢の読めない無能者、権力に目が眩《くら》んだ俗物《ぞくぶつ》……他国から下に見られるのは明白だわ！」

「そうなったら、国王が代わり国が混乱している隙に侵攻《しんこう》、なんて可能性も出てくるわね」

寂しげな姿から一変、険しい表情になったオリミルの言葉に頷いたスミテリアは、今までのわだかまりを全てかなぐり捨ててバスク侯へと詰め寄る。

「バスク侯！　呪術士の正体は！　奴等の次の行動は！　こいつらを捕らえられるだけの証拠はあるんですか！」

矢継《やつ》ぎ早《ばや》にまくし立てるスミテリアだったが、バスク侯は動じることはない。とはいえこう詰め寄られてはたまらないと、とりあえず彼女を落ち着かせろという意味合いを込めてオリミルに視線を向ける。

しかしそこで、オリミルが満面の笑みを浮かべていたのを見て、ゾッと背筋《せすじ》を冷たくした。

「ドルディ。そんな不埒《ふらち》な者達、自身の手で捕まえなくては私の気が収まりません。勿論、私が完全回復するまでの猶予《ゆうよ》はあるんですよね……なくても作りなさい！」

恫喝《どうかつ》ともとれる言い様に、思わず頷きそうになるのをグッと堪え、バスク侯は口を開く。

「む……無理だ……奴等は近日中にも決着をつけんと動くつもりだ」

「何ですって……それはいつなんです！」

「詳しいことは孫に話す。孫から聞いてくれ」

しどろもどろのバスク侯を尋問《じんもん》するようなオリミルの言葉に、彼はハッキリと返答しない。

緊迫した状況なのにその情報を提示しないバスク侯。家の名を高めたいのなら、わざわざ孫に伝えなくてもバスク侯自身が言えばいい。なのに何故、孫を経由したがるのか？

スミテリアがそんな疑問から再びバスク侯への疑心を高めていると、その答えはオリミルの口から答えが飛び出した。

「なるほど、孫にも手柄を立てさせたいわけですか。相変わらず祖父《じじ》バカですね」

その言葉に聞き、スミテリアはハッと気付いた。バスク侯の直系の孫の中で一人だけ、家を出ている者がいたことを。

「あいつ……マスティスはレクリアス姫を好いているようだから、少し大きな手柄を立てさせたくてな」

ここまで読まれてしまっては隠していても仕方がないと、バスク侯は開き直る。

家を出たとしても直系の孫。そんな彼が王族と婚姻を結べば、家にとってもプラスになるという打算もあったが、それ以上に孫に幸せになってほしいというのがバスク侯の本心であった。

しかし、そんなバスク侯にスミテリアがニッコリと含みのある笑みを向ける。

「確かに、彼がそんな素振《そぶ》りを見せていたことには、気付いていました……でも、レクリアスには既に心に決めた方がいます」

「何だと！」

今回の騒動の件に対して心血を注いでいて、最近の城内の動向に疎《うと》かったバスク侯は、驚きに目を見開いた。

「そんな話、聞いてないぞ。レクリアス姫は最近まで呪術に侵され、病床に臥せっていたではないか！」

「ええ、ですから……その命の恩人にレクリアスは運命を感じ取ったのです」

「命の恩人……バーラット殿が連れてきたという冒険者か！　確か、歳はかなりいってると聞いていたが？」

「敵の中枢《ちゅうすう》にいただけあって、さすがにヒイロ殿のことは知っていましたか。ええ、そうです。歳はソルディアスと同じ……ですがそんな歳の差、貴族や王族の政略結婚では珍しくないでしょう」

半眼で妖《あや》しく微笑むスミテリアに気圧されるバスク侯。

政略結婚と言い切るオリミルに対して、可愛い孫もまたオリミルの血族の女性に翻弄《ほんろう》されてしまうのかと、自分のこれまでの人生に照らし合わせて孫の身を案ずる。

そういう呪いが本当に家にかかっているのではと悲観《ひかん》し始めたバスク侯は、オリミルに視線を向けるが、彼女はそんな彼の心中などおかまいなしに話を続けた。

「ところでドルディ。敵が動く日は近いというのは本当ですか」

王家の女二人にすっかり動揺させられていたバスク侯だったが、話が本題に戻りすぐに気持ちを切り替える。

「ああ、あまり時間はない」

「そうですか……スミテリア、すぐに防衛の準備を」

「分かりました御義母様。でも、御義母様の回復が間に合いませんね。いっそのこと、テスネストにパーフェクトヒールでもかけてもらいましょうか？」

薬のおかげで毒自体は消えても、今まで毒に蝕まれていた臓器《ぞうき》の損傷《そんしょう》や体力の回復まではままならない。パーフェクトヒールならそれらを一気に回復できると踏んだスミテリアの提案だったが、オリミルは厳しい顔で首を左右に振った。

「パーフェクトヒールは術者の精神に大きく負担《ふたん》をかけてしまう大魔法です。テスネストでも、数回使えば数日は魔法が使えなくなってしまう程、疲弊《ひへい》してしまうでしょう。そんな貴重な魔法を、これから大きな戦いが始まるかもしれないという時に、私の回復なんかの為に使わせることはできません」

「そう……ですね」

オリミルの正論に一旦は引き下がったスミテリアだったが、そこでふと先程話題に上がった男の顔を思い出す。

「……そうか。テスネストがダメならば、パーフェクトヒールを空気を吸うような手軽さで使える方に頼めばいいではありませんか」

「えっ？」

スミテリアの呟きのありえない内容に、オリミルは怪訝な表情を浮かべる。

彼女はヒイロが呪術を解呪したことは知ってるが、その治療方法までは知らなかった。いや、まさかヒイロが解呪した後に、失った臓器や体力を回復させる為にパーフェクトヒールを使っていたなどと、もし報告されていたとしても信じなかっただろう。

「いえ、こっちの話です。では、防衛準備のことをソルディアスと相談いたしますので、私は失礼させていただきます」

『ヒイロ殿は湯水のようにパーフェクトヒールを使えるので、かけてもらいましょう』などとオリミルに進言しても、自分を治す為に無理をさせていると捉えられる。そう判断したスミテリアは、あえてこの場で断言せず、そそくさとその場を後にした。

残されたオリミルとバスク侯はそんな彼女を不思議そうに見送ったが、やがて互いに顔を見合わせる。

「ところで、呪術士の正体は分かっているのですか？」

「いや、呪術士自身は絶えずローブとフードに身を包み、その姿を我等にも見せなんだから、正体は分からんかった。しかし、呪術士とともにいたもう一人の黒幕と呼べる男なら正体は分かっている。彼奴《きゃつ》は――」

## 第20話　予想外の会見

「マスティスさんは、レクリアス姫様に好意を寄せているのではないでしょうか？」

マスティスとヒイロが手合わせした翌日の夕食時。

街の大衆食堂で、ヒイロは人差し指を立てて前屈《まえかが》みになりながら、そんなことを口にした。

そんな彼の発言に、丸テーブルの左右に座っていたネイとレミー、それから正面のバーラットとテーブルに足を投げ出して座っていたニーアまで食べる手を止めて、一斉に視線を向ける。

今日一日、街を一緒に巡回《じゅんかい》していたマスティスが、城の兵に呼ばれてこの場を後にしてすぐのことである。

「あー……ヒイロさんはそっち方面に疎いわけではなかったんだ」

「鋭いというわけでもありませんが、マスティスさんはあまりに分かりやすかったですから。アレで気付かないのはさすがに……」

意外そうな顔のネイにレミーが意見を返すと「そうだよねぇ」とニーアも同意する。そんな『何を分かりきったことを』という空気に、ヒイロはハハッと場を繕うように笑みを零した。

「皆さん、分かっていたんですね」

その辺の事情が分かっているのなら話は早いと、ヒイロは声のトーンを下げて本題に入る。

「私は若い二人の仲を取り持ちたいと思うのですが、姫様と冒険者という立場では、やっぱり難しいでしょうか?」

あまりに真剣なヒイロの言葉に、女性陣の動きがピシリと固まった。

「えっ！　えっと……」

「レクリアスの反応も割と分かりやすかったと思うけど」

返答に困ってしまったレミー。ニーアはジト目でヒイロを見上げるが、当の本人は
「ん？」と小首を傾げるばかり。そんなヒイロの反応にネイはため息をつく。

「ヒイロさんは、自分のことに関してはとことん鈍いタイプですか」

「うん？　どういうことです」

ネイの呆れたような言葉に、レミーとニーアがウンウンと深く頷いて同意する。ヒイロが不思議そうに彼女達を見回していると、バーラットが大きくため息をついた。

「はぁ～……若い二人のことは、余計な口など出さずに静かに一歩引いて見守っていた方がいいと思うがな」

「そういう、ものですか？」

ヒイロとレクリアスの接触を少しでも避けたいという心理が働いたバーラットの言葉に、ヒイロが興味を示すが――

「でも、四十間近《まぢか》で独身のバーラットの意見じゃ、ねぇ」

ニーアがすぐにチャチャを入れる。

「まあ、バーラットさんに関してはアメリアさんの件もありますからね。あんな人がいて今まで独身だったバーラットさんに説得力なんて……ひゃっ！」

ニーアに視線を寄越《よこ》されて、調子に乗って饒舌《じょうぜつ》になったレミーだったが、バーラットに極悪な笑みで睨まれると、短く悲鳴を上げて頬を引き攣らせた。

「アメリアが……何だって?」

「ひゃい……いえ……何でもないですぅ」

バーラットの迫力に押されて尻窄みに言葉を小さくしていくレミー。地雷を踏んでしまった彼女を、ネイとニーアがご愁傷様《しゅうしょうさま》と言わんばかりに拝《おが》んでいると、ヒイロはそんな周りの空気の外でレミーの意見を吟味《ぎんみ》していた。

「確かに、バーラットの意見を鵜呑みにしてしまうのは危険でしょうか。マスティスさんはバーラットに憧《あこが》れているという話ですから、同じ轍《てつ》を踏む可能性は……充分に考えられますね。やっぱり、私どもが協力するべきでは?」

「それやったら、さすがにレクリアスが可愛そうだから、そっとしておこう。ねっ」

名案だと言わんばかりに息巻くヒイロの顔の横に飛んでいったニーアは、残念なものでも見るような視線で彼を見つめながら、落ち着かせるように肩を二、三度叩く。ヒイロはそんなニーアの言葉の意味が分からず、しきりに小首を傾げていた。

食堂でマスティスとレクリアスのことを話し合った翌日。ヒイロは早朝の呼び出しに応じていた。

城まではバーラット達も一緒だったが、城に入った途端《とたん》に現れたベルゼルク卿と屈強な騎士達の手により、バーラット達は何処かに連れていかれていた。そしてヒイロは一人、後から現れたスミテリアによって半ば強引に、とある扉の前に案内された。

「こちらです」

スミテリアに促されて、ヒイロはその部屋に入る。

広い部屋だったが、部屋の中に置かれているのは天蓋付きの大きくて豪華《ごうか》なベッド一つだけ。部屋の雰囲気にデジャヴを感じたヒイロは、緊張に顔を引き締める。

そんなヒイロの反応に、スミテリアは口に手を当ててフフッと笑みを零した。

「ヒイロ殿、ここに呪術に侵された者はいませんから肩の力を抜いてください」

「そうでしたか。どうも、レクリアス姫様の部屋に似ていたもので、つい緊張してしまいました」

ヒイロはそう言いつつ、バーラットがベルセルク卿に羽交《はが》い締《じ》めにされながら発した言葉を思い出し、顔を引き攣らせながらベッドを凝視する。

『ヒイロ！　据《す》え膳《ぜん》を食ってしまったら終わりだ！　気を付けろ！』

ヒイロとて、自分の置かれている立場は多少なりとも理解している。妖魔による魔素《まそ》の拡大を止め、呪術の解呪にも成功し、王族に力を認められているのも分かっていた。故に、バーラットの忠告も相まって、ヒイロは王族が自分を欲してハニートラップを仕掛けてきたのではと、困惑とともに緊張を強いられていた。

そんなヒイロをよそに、スミテリアはベッドまで歩を進め、小声で中に話しかける。

「御義母様。ヒイロ殿をお連れしました」

「ヒイロさんを？　どうしてまた……」

そう告げたスミテリアに、ベッドの中の人物——オリミルは不審そうな声を出した。

「御義母様はヒイロ殿に会うべきだと思いまして」

「それで、この緊迫した時期にヒイロさんを連れてきたの？」

スミテリアは何かを企んでいる。

オリミルは彼女の雰囲気からそう感じ取ってはいるものの、嘘をついている風にも思えなかった。しかしオリミルは、スミテリアの真意がどこにあるのかは分からないとはいえ、この子のすることならどう転んでも悪いことにはならないだろうと小さく笑みを零した。

「そうですね。これから忙しくなるやもしれませんし、一度、ヒイロさんの顔を見てみたかったのも事実。お会いできるかしら」

「ええ、勿論です」

オリミルの了承を得て、スミテリアはヒイロの方に向き直り手招きをした。

そのスミテリアの、一見無邪気な笑みが逆に怖くなり、ヒイロの喉がゴクリと大きく鳴る。

（あの天蓋の中には一体、誰が……）

恐怖にも似た感情に気圧されヒイロは二の足を踏む。彼の脳裏《のうり》には、蜘蛛《くも》の巣に絡め取られた自分のイメージがハッキリと浮かんでいた。

そんなヒイロにスミテリアは業《ごう》を煮《に》やして歩み寄り、腕を絡ませると強引にベッドの側へと連れて行く。

「あっ、あの、スミテリア様？　一体、何の用……」

しどろもどろで及び腰のヒイロを引きずり、スミテリアは天蓋の中へと入っていった。

「おはようございます、ヒイロさん。朝早くおよび立てしてごめんなさいね」

ヒイロは天蓋の中に入ると、ベッドの上で上半身を起こした初老の女性に柔和《にゅうわ》な笑みを向けられる。

その女性――オリミルの柔らかな朝日のような笑みに、何かあったらすぐに逃げ出そうと重心を限界まで背後に傾けていたヒイロは、その体勢のままピシリと固まった。

「あの……ヒイロさん？」

自分を見て固まってしまったヒイロに、オリミルは少し困惑しながら再び話しかけるが、それでもヒイロは反応を示さない。彼女がそのまま困ったような視線を横に向けると、スミテリアが後ろを向いてクスクスと肩を震わせていた。

オリミルは、それを見て小さく嘆息をつく。

「困った子だこと……何の説明もせずにヒイロさんをここに連れてきたんですね」

突然自分の所に連れてこられたヒイロが何を思ったかまでは察せなかったが、スミテリアが彼に何も言わなかったのはわざとなのだなと気付いたオリミル。

彼女がそのことをスミテリアに問いただそうとすると、その前にヒイロが口を開いた。

「えっと……据え膳？」

「クッ……アッハハハハハハッ！」

ヒイロの呟くような一言に、堪え切れなくなったスミテリアが大爆笑し、オリミルは目を点にした。


「変な忠告をしたバーラット殿がいけないんです」

オリミルの鉄拳制裁を食らって、ヒリつく頭を押さえながらスミテリアが身を小さくして弁明する。最近はあまり見せなくなった彼女の大爆笑とその後の子供のように反省する姿に、オリミルは小さく息を吐いた。

「まったく……ヒイロさんにそんな目で見られていたなんて、私はいい面《つら》の皮ですよ。もっとも、ヒイロさんがよろしいのであれば、私としてはやぶさかではありませんが」

そう言いながらオリミルが意地の悪い視線を投げかけると、ヒイロは「滅相もありません」とブンブンと首を大きく横に振る。その必死な様子に、彼女は口元に手を当ててクスクスと笑った。

「まぁ、冗談はさておき。私はオリミル・フォン・セイル・ホクトーリク。バルディアス王の妻です。よろしくね、ヒイロさん」

和やかな空気のまま、ベッドに上半身を起こした状態でそう挨拶を仕切り直したオリミルに、ヒイロは一瞬でカチカチになりながら腰を直角に曲げる。

「あっ、これはご丁寧に。私はヒイロと申します。先程は大変失礼しました」

「フフッ、そんなに硬くならずともいいのですよ。それに、さっきのことは全面的にスミテリアが悪いのですから、お気になさらないでください」

ホホホと笑顔のままヒイロと会話していたオリミルが、急に目付きを鋭くしながら視線を向けると、スミテリアはサッと目をそらす。

「だから、あれはバーラット殿が悪いんです」

「訂正しなかった貴女の責任がないとでも？　何も言わないことが罪になることもあるんですよ」

「うっ！」

スミテリアが何も言わなかった理由が、娘の気持ちに気付かないヒイロへの意趣返《いしゅがえ》しも兼ねていたことに気付いているオリミルは、シュンと身体を小さくする彼女を見続ける。

一方のヒイロはそんな二人をオロオロしながら交互に見ていたが、二人の空気感を何とか払拭《ふっしょく》しようと口を開いた。

「えっと……そういえば、オリミル様はご病気なんですか？」

「ええ。原因自体は取り除いたのですが、弱った身体がまだ回復していなくて……それと、私のことは様を付けなくてもいいですよヒイロさん」

「いえ、そんなわけには……パーフェクトヒール」

会話のついでのようなノリで唐突にパーフェクトヒールと口にするヒイロに、オリミルは「えっ？」と不審な目を向ける。が、次の瞬間、回復魔法特有の淡い光が自分を包み込み始めているのに気付き、その目を大きく見開いた。

「えっ！　まさか⁉」

光の中で自身の回復を実感しながら驚き続けるオリミルを尻目に、ヒイロはスミテリアへと視線を向ける。

「これを期待して私をここに連れてきたんですよね、スミテリア様」

「ええ、その通りなんですけど……改めて見ても信じられない光景ですわね。ヒイロ殿の無詠唱のパーフェクトヒールは」

呆れたようなスミテリアに、ヒイロは苦笑いを返す。

「知っている人は皆そう言うんです。でも私は無詠唱《これ》しかパーフェクトヒールの使用方法が分かりませんから、仕方がないんですよ」

「それはそれで、困ったものですね」

「まったくです」

平然と会話を進める二人の前には、光が消えて完全に回復した自身の体を未だに信じられないという顔で見下ろすオリミルの姿があった。

「こんな手抜きのようなパーフェクトヒール……初めて見ました」

「手は抜いていませんよ。術も完璧に作用してると思いますが……」

「ええ、それはもう」

オリミルはそう言いながら、ベッドから床に降り立ち天蓋の外に出て、同じく天蓋から出てきたヒイロ達に見せつけるように軽く伸びをしてみせる。

「床に臥せる前より体調がいいくらいです……それよりも、ヒイロさんは大丈夫なんですか？　無詠唱のパーフェクトヒールなんて、いくらなんでも負担が大き過ぎませんか？」

心配そうな視線を向けてくるオリミルに対して、ヒイロよりも先にスミテリアが苦笑気味に口を開く。

「それについては問題ないかと。ヒイロ殿は呪術にかかった者全員に、今のパーフェクトヒールをかけていたそうですから」

「全員に？　確か二日間で三桁に及ぶ患者を治療したと聞いてましたが……その人達全員にパーフェクトヒールをかけたんですか！」

驚くオリミルが首だけ回してスミテリアを見ると、彼女は肯定するように深く頷く。それを確認して、オリミルは驚きの表情のままヒイロの方に向き直った。

「それは……既に人の域を逸脱《いつだつ》しているような……」

「ええ、それに関しては私も同意見ですわ」

オリミルの意見に、神妙《しんみょう》な面持ちで呟くスミテリア。二人のあまりな言い様を否定したかったヒイロだったが、【超越者】などというスキルを持っているために反論できず、回復したオリミルに向けていた祝福の笑顔を引き攣らせていた。

「えっと……」

「お祖母様！」

とにかく何かを言わなければと口を開いたヒイロだったが、その声にかぶるように背後から声が上がる。

全員が反射的にそちらへと視線を向けると、息を切らしたレクリアスがオリミルへと駆け寄ってきていた。

「ヒイロ様がお祖母様の下へと向かわれたと聞いたので、もしやと思いましたが……やっぱり元気になられていたのですね」

祖母の回復に喜びを露わにして抱きついてくるレクリアスを、オリミルは優しく抱きとめてその頭を撫でた。

「ええ、この通り。すっかりよくなったわ」

「ああ、よかった……これもヒイロ様のお陰ですね」

「そうね。ヒイロさんのお陰ね」

喜び合う祖母と孫の様子を感慨深《かんがいぶか》げに見守っていたヒイロだったが、ふと思うことがあり横歩きでスミテリアの側に移動する。

「えっと……スミテリア様」

「何でしょう、ヒイロ殿」

顔はオリミル達に向けたまま横目で見てくるヒイロに、スミテリアは視線を動かさず答える。

「確か、オリミル様が病床に臥した原因は既に取り除かれていた、と言ってましたが……」

「ええ、御義母様は特殊な毒に侵されていたのです。毒自体は昨夜、解毒剤を入手した者が現れて解毒済みです」

「ということは、オリミル様を回復させた功績はその方にあるのでは？　あの二人はあたかも私のお陰みたいに言ってますけど」

「ホホホ、気にすることはありませんよヒイロ殿。ヒイロ殿が御義母様を回復させたというのは事実なんですから。それに、解毒剤を持ってきた者はちゃんと利を得てます」

ヒイロの心配をよそにスミテリアは高笑いをし、そのまま話を続ける。

「もっとも、もう一つの功績も踏まえて、一番伝えたかった相手にはちゃんと伝わってないようですけど」

ヒイロが「もう一つの功績……？」と首を傾げる中、スミテリアは目の焦点《しょうてん》をレクリアスに合わせた。

昨夜、ヒイロ達と一緒にいたところを王城に呼び出されたマスティスは、祖父であるバスク侯から伝えられた敵の情報を、そのままバルディアス王に進言していた。

マスティスがつきとめたことになった敵の正体も、バスク侯がオリミルのために解毒剤を持ってきたことも、敵に知られるわけにはいかない情報であり、今の時点では公にできない。それ故に、レクリアスがマスティスが功績を上げたことを知るのはもう少し後になるであろう。

バスク卿は、孫であるマスティスをレクリアス姫に意識させるために行動したわけだが、ヒイロの活躍の前では、マスティスの活躍はすっかりかすんでしまっていた。

加えて、敵が動き出す前にヒイロがここに呼ばれたことも、ヒイロがオリミルを訪ねているのをレクリアスに伝えたことも、ヒイロとレクリアスを結ばせようとするスミテリアの謀《はかりごと》であった。

「ヒイロ様、お祖母様を助けていただきありがとうございます」

オリミルから離れて深々と頭を下げるレクリアスに、ヒイロは両手の平を向けてブンブンと首を振った。

「とんでもありません！　私はオリミル様の回復を早めただけで、本当に助けたのは……もごもご！」

解毒剤を持ってきた人です。と、続けようとしたヒイロの口を、スミテリアが後ろから素早く塞ぐ。

「ヒイロ殿、解毒剤の話は内密にお願いします」

耳元でそっとそう囁いたスミテリアは、ヒイロから離れてレクリアスへと視線を向ける。その視線の先には、突然背後からヒイロに抱きついたようにしか見えない母を、ムッとしながら見つめてくる娘の姿があった。

「あらあら、ヒイロ殿にくっついたから怒っちゃったかしら？」

「目の前で父親以外の異性と必要以上のスキンシップをする母がいたら、娘としては怒るのは当たり前だと思いますけど。スミテリア様はその辺をもう少し自重すべきかと思います」

戯《おど》けてみせるスミテリアに、ジト目で少し論点のズレた説教をするヒイロ。

レクリアスが怒った理由を分かっていないヒイロに、スミテリアは深いため息とともに額に手を当て、オリミルはあらあらと困ったように笑みを零した。

「まあ、そうね……とりあえずヒイロ殿、朝食はまだですよね」

「ええ、まあ」

気を取り直して聞いてくるスミテリアにヒイロが答えると、彼女はレクリアスへと視線を向けた。

「レクリアス、ヒイロ殿と一緒に朝食を食べてきなさい」

「はい。ヒイロ様、こちらへどうぞ」

母の言葉にレクリアスは嬉しそうに頷き、ヒイロの手を引きながら部屋を出ていった。

その背中を笑顔で見送ったオリミルとスミテリア。しかし、二人の姿が見えなくなると、オリミルが嘆息混じりに口を開く。

「思ってた以上の強敵ね」

「ええ……今までモテたことがないのか、自分に対する好意に対して異常に鈍感なようです」

「レクリアスも大変だこと」

困ったように微笑むオリミルに、スミテリアは重々しく頷くのだった。

## 第21話　決戦前の戯《たわむ》れ

「なにぃ！　ヒイロが連れてかれたのはオリミルさんの所だったのか！」

上級士官専用の食堂で出された朝食。その皿に載っていたソーセージを口に運んでいた手を止めて、バーラットはこめかみをヒクつかせた。

彼の正面に座っていたベルゼルク卿は、スプーンでゆっくりとスープを飲んだ後で呆れたように頷いた。

「ああ、オリミル様の体を蝕んでいた毒が解毒されたから、ヒイロ殿に低下した体力の回復を頼むそうだ」

「おいおい、オリミルさんが毒に侵されていたなんて、聞いてないぞ」

「国の内側に睨みを利《き》かせていた大重鎮だからな、オリミル様は。そんな方が床に臥せっているなんて話、おいそれとできるわけがなかろう」

平然と反論しながら食事を進めるベルゼルク卿に対し、バーラットはナイフとフォークを握っていた両の拳をテーブルに叩きつけながらガックリと肩を落とす。

「かぁ～……俺、ヒイロにとんでもねぇ忠告しちまった」

「据え膳というやつか？　スミテリア様が特に訂正しなかったから俺も黙っていたが、さすがにオリミル様と対面すれば、ヒイロ殿もお前の助言がいかにズレていたか気付くだろ」

「それに気付かないのがヒイロなんだよねぇ」

ベルゼルク卿の呆れ混じりの言葉に答えたのは、バーラットの右手側に座るネイから小さく切ってもらったソーセージを嬉しそうに受け取っていたニーア。彼女はテーブルの上に立ち、手に持つソーセージの切れ端《はし》を頬張りながら、ベルゼルク卿を見据える。

「多分ヒイロは今頃、勘違いしたまま変なことでも言ってるんじゃないかな」

その様子が手に取るように分かってしまうニーアは、そう言ってニヤニヤと笑う。

そしてそれを聞いたバーラットは、重石でも乗っかったように一層肩を落とした。

ニーア達のそんな様子を苦笑いで見ていたネイは、視線をベルゼルク卿の方に上げながら、話の内容についていこうと疑問をぶつける。

「ところで、王族にも不遜《ふそん》な態度を取るバーラットさんがこんなに動揺するなんて、オリミルさんって、どんな方なんです？」

『俺がいつそんな態度を取った』というバーラットの非難の視線を苦笑いで受け流すネイ。

「オリミル様は、バルディアス陛下の奥方ですよ、ネイさん」

そして彼女の素朴《そぼく》な疑問に答えたのは、バーラットの左手に座り黙々と食事を進めていたレミーだった。サッサと食事を済ませた彼女は、食後の紅茶を一口飲んだ後でネイの視線が自分に向いたのに気付いて再び口を開く。

「ホクトーリク王国の王族の女性は代々、国内の乱れに目を光らせる存在なんです。つまり、オリミル様は国内の防衛を司《つかさど》る組織の最頂点に位置するお方、ということになります」

「えっ！　王様のお后《きさき》がそんなことしてるの？」

「この国の王族は、昔っから国のお飾りになるのを嫌っていてな。その辺の手ほどきを先代から徹底的《てっていてき》に受けるから、そこいらの軍に所属している貴族よりよっぽど有能なんだよ」

驚くネイに、落としていた肩を戻しながらバーラットが嘆息する。その顔は、彼には珍しく若干青ざめていた。

いつも自信満々なバーラットの弱気な姿に、ネイは苛烈な女帝の姿を想像して頬を引き攣らせるが、そんなネイをベルゼルク卿が愉快そうに笑い飛ばす。

「フッハッハッ、オリミル様は別に恐ろしい方ではない。慈悲深《じひぶか》くお優しい方だから、そんなに怯えることはないぞ」

ベルゼルク卿の気楽な姿に、ネイが訝しみながらその真相を探るべくバーラットの方に目を向けると、彼は乾いた笑みを浮かべていた。

「確かに、オリミルさんは表面上は柔らかな人だ。けどな、その芯《しん》はアダマインよりかてぇ。なんせ、うちの母親と対等に付き合ってた人だからな、ただ優しいだけの人であるわけがねぇ」

「ふむ、確かにオリミル様にはそんな側面があるのは間違いない。しかし、それにしたってその程度のことでいちいち意趣返しするような矮小《わいしょう》な方でもあるまい。特に今は切羽詰まっている状態でもあるしな」

「ん？　切羽詰まってる……だと？」

自分の何気ない言葉に反応して視線を向けてくるバーラットに、ベルゼルク卿は食事を終えて軽く口元を拭いたナプキンをテーブルに戻した後に口を開く。

「今日、バーラット殿達を呼んだのもそのことが理由なのだが……呪術を使っていた者が近々動くそうだ」

「呪術士が動く！　いつだ」

「明日」

「はぁ⁉」

面食らうバーラットを尻目に、ベルゼルク卿は朗《ほが》らかに笑みを浮かべた。

「いやはや、街が混乱するであろうこの時期に、オリミル様が回復してくれるとは、実に僥倖《ぎょうこう》。そう思わんかバーラット殿」

「いやいや、そんなに呑気に構えている場合じゃないだろ！　敵が動く時期が分かったということは、正体も分かっているのか？」

「うむ、呪術士本人の正体は分からずじまいだったが、その協力者や計画に加担した貴族どもの名は分かっているようだ」

「だったら、敵が動く前に先手を打っちまえばいいだろ！」

言いながら腰を浮かせようとするバーラットに、ベルゼルク卿は厳しい視線を向ける。

制止を促す視線を受けて、バーラットは渋々ながらも静かに席に着き直した。

「できる範囲のことは、水面下で行動中ということか……道理で朝食時の食堂に俺達以外の誰もいないわけだ」

バーラットががらんとした食堂を横目で見回すと、その通りだと言わんばかりにベルゼルク卿が大きく頷く。

「うむ、どんな状況にも対応できるように、指揮官クラス以上の者はミーティングをしている。こちらが動向を察知していることを敵に悟られるわけにはいかんから、首謀者は勿論、加担している貴族どもの下にも兵は送っていないのが歯がゆいがな」

「狙いは術士。そいつの居場所が分からない以上、こちらの動きを知られて逃げられるわけにはいかないってことか」

「そういうことだ」

即座に察して要点を確認してくるバーラットに、ベルゼルク卿は苦々しい表情を見せる。

「後手《ごて》に回ってしまうが、敵が動き呪術士の居場所が確定するまで、こちらとしては動かない方針に決まったのだ」

「まあ、妥当ではあるか……結局のところ、呪術士以外は雑魚《ざこ》だろうからな。で、協力者ってのは結局、誰だったんだ?」

「男爵位のクラリトス・カナス・デルロッドという小僧らしい」

ベルゼルク卿の口から出た名前を聞いて、バーラットはフンッと鼻を鳴らしながら面白くないというような顔をした。そんな彼の反応に、ベルゼルク卿は顎に手を当てながら「ふむ」と訝しむ。

「その顔は、元から予想がついていたか？　バーラット殿」

「ああ、何らかの形で関与しているんではないかとは思っていた。もっとも、そんな中心にいるなんてことまでは想像できてなかったがな」

「ほう……さすがと言うべきか。しかし、何でまたあの小僧に行きついたのか、今後の参考までに聞いてもいいかな」

興味深げなベルゼルク卿に、バーラットは面倒臭そうに頭を掻きながら口を開いた。

「別にたまたまなんだがな……奴の親父さんとは知り合いで、情報を得られないかと思って屋敷に行ったんだよ。その時に奴《やっこ》さんから、臥せってるって噂のルンモンド伯爵のご令嬢を治せる薬を持っているから、一緒についてきてほしいと頼まれたんだ」

「ほほう、国一番の美人と噂されるあのお嬢さんに」

バーラットの話に対して、ニヤリと笑ってみせるベルゼルク卿に反して、ネイ、レミー、ニーアの女性陣は不快感を露わにする。

「なにそれ！　もしかしてそいつ、その人を手に入れる為に呪術をかけるように命令して、自分で治すことで恩を着せようとしたってこと？」

女性陣を代表して椅子から腰を浮かせながら憤慨《ふんがい》するネイに、バーラットは「まあ、まあ」と落ち着かせた後で話を続けた。

「もっとも、現場に着いた時点で屋敷からヒイロが出てきてな、薬は無意味な物に変わったんだよ。奴さん、悔しそうにその場で瓶を叩き割っていたぜ」

「ナ〜イス、ヒイロ」

その様子を想像してニーアがクスクス笑いながらサムズアップする。ネイもヒイロのファインプレーに溜飲を下げたのか、クスッと笑いながら腰を下ろした。そんな中、レミーが小首を傾げる。

「ルンモンド伯爵のお嬢様といえば……化けて出たって噂の、彼女の婚約者であるナリトセス侯爵家のご長男って、結局なんだったんでしょう？」

「そうよね。呪術士の護衛、または目くらましって思ってたけど、因果関係は分からずじまいだったのよね」

「その人って、人徳がある人だったんだよね。だったら、それを地に落とす為って考えられないかな」

人を騙すことには頭が回るニーアの言葉に、レミーとネイが驚いたように彼女に振り向く。

「化けて出るだけでも印象的にはマイナスです。それに、ルンモンド伯爵のお嬢様を連れに来たという噂もありましたから……」

「相思相愛だったお嬢様に幻滅《げんめつ》させる為に、殺した上で死体を操った？　本当だったら最悪の思想の持ち主ね、そいつ」

レミーに続けて言葉を紡いだネイは、再び嫌悪感を露わにしていた。と、会話が途切れて静けさが訪れた食堂に、ドアが開く音が妙に大きく響く。

反射的に全員がそちらの方に振り向くと、そこにはレクリアス姫に手を引かれたヒイロの姿があった。

「げっ！　なんであの二人が一緒に？　ソルディアスの野郎は一体何してるんだ」

「ソルディアス様は明日の準備で忙しいのだ。軍の調整は王族の決定の下で行われるからな。今回はあらゆる状況に対応できるように兵を細かく配置せねばならん。その為、決めることが多すぎるのだ」

バーラットの焦《あせ》ったような文句に、ベルゼルク卿が呆れたように答える。

「だったら、お前が手伝ってやればいいじゃねぇか。こんな所でなに呑気に寛《くつろ》いでいるんだよ」

「軍は王族の決定の下、編成されると言っただろ。俺ごときが手伝えるものではない。俺が率《ひき》いているのは近衛騎士団。常に王の側に配置される立場だから、そんなに忙しくはないんだ」

更に食ってかかってくるバーラットをベルゼルク卿は軽くあしらっていた。

そして女性陣は——手を繋いで入ってきた二人のことを、ネイはニヤニヤしながら、ニーアはヒイロを取られたような気がして少し面白くなさそうに、レミーは表面上は平然として見つめていた。

そんな集団にヒイロ達は近寄っていく。

「やぁ、皆さん。こんな所にいたんですか」

レクリアス姫と繋いでいた手を離し、その手を上げて挨拶をしてくるヒイロと、手を離されて少し残念そうにするレクリアス姫。そんな二人に対し、まずはニーアが口を開く。

「ぼくらは重大な会議をしてたんだよ。ヒイロは随分と楽しそうだね」

不機嫌そうに応えるニーアの心境など気付かずに、ヒイロは申し訳なさそうに苦笑いを浮かべながら頭を下げた。

「ハハッ、申し訳ありません。別に遊んでたわけではないんですけどね」

「当然だよ。本当に遊んでたら、ニーアちゃんキックを食らわせてたからね……ところで、ヒイロは何でここに来たの？」

「何でって……朝食をとりにですが」

理由は分からないが、とにかく不機嫌なニーアの様子を察知したヒイロは、下手《したて》に出ながら慎重に答える。

「ふーん、朝食ね。だったら早く席に着いて注文したら？」

「ええ、そうですね」

飛んできてヒイロの肩に乗るニーア。機嫌は悪そうなものの、食事に付き合うという意思表示なのだなと察したヒイロは、ニッコリと微笑んでベルゼルク卿の隣に座った。

ヒイロとの二人きりの食事を想像していたレクリアス姫は、その様子に落胆したが、それでもネイの姿を確認して側に歩み寄る。

「貴女がネイ様ですね。ヒイロ様と一緒に私を救ってくれたことは聞いております。ずっとお礼を言わなければと思っていたのですが、遅くなって申し訳ありませんでした。この度は、私を救っていただきありがとうございます」

「えっ！　あっ、いや……私はヒイロさんの側で見てただけだし、大したことはしてないのでお礼なんてとんでもありません！」

レクリアス姫から優雅に頭を下げられて、ネイは慌てて立ち上がりながら頭を下げ返す。礼に対して頭を下げてくるネイのことを、頭を上げたレクリアス姫は驚いたように見ると、口元に手を当ててクスクスと笑みを零した。

「フフッ、ネイ様も謙虚な方なんですね。何となくヒイロ様と同じ雰囲気がします」

「あっはは……」

同じ日本人だからかな、などと内心思いながらネイが誤魔化すように笑う。

「王族に恩を売れると思ったら、それをすぐに受容する方がほとんどですから……否定から入るヒイロ様とネイ様は本当に似てらっしゃいます」

「う～ん、まぁ、癖《くせ》みたいなものですね、それは。ところで、ヒイロさんは食事に来たと言ってましたけど、なんで兵士用の食堂なんかに？」

　ここは上級士官用の食堂であり、使用するのはほとんどが貴族であるため、それなりに豪華な作りの部屋になっている。とはいえ王族であるレクリアス姫がヒイロを食事に誘うのに、この場所を選んだことに疑問を持ってネイが聞くと、レクリアス姫は困ったように頬に手を当てながら答える。

「本当は、私の部屋でお食事をとヒイロ様をお誘いしたのですが、ヒイロ様が女性の部屋に二人きりなんてとんでもない、とおっしゃるもので……」

「あー……言いそうですね」

　恋愛イベントのフラグを折りまくってるなヒイロさん、などと思いつつ愛想笑いを返すネイに、レクリアスは本当に残念そうに微笑み返す。

「まぁ、ヒイロさんはあんな感じですから、じっくりいった方がいいですよ」

　こちらに睨みを利かせているバーラットに配慮して、一歩近付いて小声で助言を囁くネイ。そんな彼女に、ヒイロの仲間内に味方がいることに心強さを感じながら、レクリアス姫は嬉しそうに頷くのだった。

王妃の書斎《しょさい》の奥。壁の中央に鎮座《ちんざ》するように、それは置かれていた。

材質は金属。縦二メートル程の棺《ひつぎ》を連想させる黒い箱で、その観音開きの扉になっている正面部分には、目を瞑り胸の前で交差させた少女の姿が彫刻されている。

赤茶色のソファや木目《もくめ》を生かしたテーブルなど、落ち着いた装《よそお》いの家具が置かれているこの部屋にあって、その箱は異質な雰囲気を醸し出していた。

そんな箱の前に、王妃オリミルは立つ。

「ふぅ……また、貴女を手にすることになるなんてね……」

深い息を吐きながら、オリミルは扉に彫刻された少女の胸に手を当てる。と、ソファに腰掛けてカップに入った紅茶に口をつけていたスミテリアが、そんな義母の様子に肩を竦めた。

「御義母様……言葉の割には嬉しそうですよ」

スミテリアの言う通り、いかにも残念そうな口調ながら、オリミルの口元は緩んでいた。箱に当てた手をそのままに、彼女は背後に座るスミテリアへと振り返る。

「あら、そう見えるかしら？」

「ええ、イタズラを思いついてワクワクしている子供のようですわ」

「だって、この子を手にするのは五年ぶりくらいなんですもの」

スミテリアの言葉を否定せずに、オリミルは前に向き直って言葉を紡ぐ。

「我、禁断の扉を開けん。全ての邪悪なる者を根絶《こんぜつ》するために」

オリミルの言葉が終わると、添《そ》えられていた彼女の手の部分から光が広がり、箱全体に行き渡る。そしてそれが消えると同時に静かに扉が開き始めるのを見てスミテリアは苦笑した。

「そのキーワードも何とかならないんでしょうか?」

「仕方ないじゃない。これは代々、ホクトーリク王家の王妃に伝わるもの。このキーワードも多分、初代が考えたものだわ」

スミテリアの苦言に、オリミルも苦笑いで答える。

言葉をキーワードとして鍵《かぎ》が開くタイプのマジックアイテムであるこの箱は、一度キーとなる言葉を設定してしまうと変更は効かないようになっていた。ホクトーリク王国の設立は約一千年前、そんな昔の初代王妃の言葉のセンスに、二人は笑わずにはいられなかった。

そして、ゆっくりと開いていた扉が完全に開かれる。その中には、鉄球に極悪なトゲトゲがついた百五十センチ程のメイスが入っていた。

「カトリーヌ。また、貴女の力を借りるわね」

カトリーヌという、その形からは想像できない可愛らしい名前が付いたメイスを、オリミルは愛《いと》おしそうに手にしながら箱から取り出す。

カトリーヌはマジックウェポンである。魔剣や魔槍《まそう》と同じ、魔メイスと言うべき武器だった。もっとも、その効果を考えれば、マジックウェポンというより、マジックアイテムと言った方がいいかもしれない。何故ならカトリーヌは、攻撃能力が皆無だからだ。

カトリーヌの効果は、この武器で与えたダメージを一切無効にしてしまうというもの。しかし、無効にするのは物理ダメージだけで、この極悪な鉄球を受けた時のショックや痛みまでは無効にしない。

つまり、相手にとんでもない精神的苦痛だけを与えて、絶対に殺さないというのが、このカトリーヌの能力だった。

なお、オリミルにカトリーヌを使われた貴族達は、未だに彼女とメイスに対して異常なまでの恐怖反応を示している。

代々のホクトーリク王妃がこのカトリーヌを持ち出すのは、貴族の不正を取り締まる時と決まっていた。

これは、責任ある貴族が裁《さば》かれる場所は、裁判の場であるべきという王族の考えからきている。捕縛《ほばく》の場面で殺してしまっては、元も子もないのだ。

「待ってなさいね、ラストン・イム・ゼイル公……その時が来たら、私が行ってあげるから」

「ほんと、嬉しそうですね」

嬉しそうにカトリーヌを抱くオリミルを、スミテリアは半ば呆れながら見ていた。

# 閑話《かんわ》　勇者達、本気で動き出す

薄暗い森の中。七人の人間による緑色の肌をした者達への蹂躙劇《じゅうりんげき》が行われていた。

「【エクスカリバー】」

七人の中の一人、先頭を歩く可愛らしい少年の振るったショートソードは不可視《ふかし》の刃を作り出し、緑色の肌をした魔物――ゴブリン達を周りに生えていた木々ごと切り裂いていく。

このゴブリンの集団は、ゾンビプラントによって強化されており、上位種であるホブゴブリンやゴブリンジェネラルまで混ざっていた。

しかし少年の放った一撃は、そんなことはおかまいなしに進路上を扇型に更地《さらち》にした。

後に残るのは、倒れた木々《とつ》と、横たわっている無数のゴブリン達。

ゾンビプラントに取り憑かれているゴブリン達は、上半身と下半身に分かれながらも動き出そうとしたが――

「【神弓《しんきゅう》】……神《かみ》の炎《ほむら》の矢《や》」

間髪《かんはつ》を容《い》れずに、少年の取り巻きの一人、長身のボブカットの女性が矢を放つ。

女性の弓から放たれた矢は先端に炎を纏いながら無数に分かれ、ゴブリン達に取り付いていたゾンビプラントの分体にことごとく突き刺さり、その全てを焼いた。

先程まで騒がしかったゴブリン達の耳障《みみざわ》りな声が消え静寂《せいじゃく》が訪れたところで、ゲーマーチームのリーダーである眼鏡をかけた少年が、眼鏡の位置を直しながら可愛らしい少年を見る。

「初めから貴方が前に出てくれれば、こんな雑魚どもに辛酸《しんさん》を舐めさせられることはなかったんじゃないでしょうか」

「ハハハ、ゴメンね。【エクスカリバー】は僕にとって奥の手的なスキルだったから、あまり多用したくなかったんだよ」

言い知れぬ恐怖を押し殺しつつ皮肉を込める眼鏡の少年の言葉に、可愛らしい少年は屈《くっ》託《たく》のない笑みを返した。

眼鏡の少年をリーダーとしたゲーマーチームの三人は、【エクスカリバー】以外の神から与えられた二つのスキルを見せない彼の言葉に疑いを持つ。しかしながら、無邪気な笑みの裏に隠された得体の知れない圧力を前にして、それ以上文句を言うことができなかった。

「あれ？　そういえばあの柄の悪いお兄さんはどうしたの？」

ゲーマーチームが押し黙ったところで、可愛らしい少年はまるでこれ以上スキルの話はしないよとでも言いたげに話をそらす。その言葉に、眼鏡の少年は嘆息して答えた。

「加藤智也《かとうともや》……ですか？　彼ならば昨日の夜に姿を消したじゃないですか」

「そうだったっけ？　友達が死んじゃったからね、怖くなっちゃったのかな。まぁ、勇者の使命よりも自分の命が惜しくなっちゃった人のことは放っておこうか」

元々、気にも留めてなかっただろうにというゲーマーチーム達の疑惑《ぎわく》の視線をものともせず少年は先を急ごうと正面を見据える。その視線の先には、新たなゴブリン達がゾロゾロと姿を現していた。

「まったく次から次へと……やんなっちゃうね」

有象無象《うぞうむぞう》がいくら湧いても無駄なのにと思いながら、可愛らしい少年は再び剣を振るうのだった。


「グギャヤヤ！」

それから一時間後、断末魔《だんまつま》の悲鳴が森の奥で響いた。

三メートルを超える体躯《たいく》にでっぷりとした脂肪《しぼう》を溜め込んでいた醜《みにく》い生き物は【エクスカリバー】により縦に真っ二つに裂かれて、地響きを上げながらその場に崩れ落ちる。

ゴブリンエンペラー、その呆気ない最期《さいご》である。

「ふ～ん……エンペラーは強いって聞いてたけど、配下のゴブリン達が鬱陶《うっとう》しいだけで本人は大したことないんだね」

「いや……結構な力を持っていた筈ですけど……まあいいです」

大量のゴブリン種の死体に囲まれながらつまらなそうに呟く可愛らしい少年に反応して、何か言いかけた眼鏡の少年は口を閉じる。

防御力無視の必殺攻撃の前では、魔物の強さなど意味をなさない。つまりはどんな強者が立ち塞がっても、可愛らしい少年が【エクスカリバー】を使った時点で雑魚を相手にするのと変わらなくなるのだと、眼鏡の少年は理解した。

そしてそれは、自分達が彼の前に立ち塞がったとしても同じ結果になるという理解でもあった。故に眼鏡の少年は、可愛らしい少年に対して言葉を選ぶ。

彼が自分達に対してマイナスイメージを抱かないように――その上で自身のプライドから決して自分達が可愛らしい少年よりも下だと思わせないように――慎重に。

「さて、これで煩《わずら》わしい障害が消えたわけですが……」

「勿論、次は魔族の本拠地《ほんきょち》を攻めるんだよね」

今後の指針を示して主導権を握ろうとした眼鏡の少年の言葉を遮るように、可愛らしい少年がにこやかに発言した。その内容に眼鏡の少年はギョッと目を見開く。

「えっ！　確かにそれは最終目標ではありますが、まずはレベリングが先では？」

それを成すにはまだ力が足りないと慌てて進言する眼鏡の少年に、可愛らしい少年は無邪気な笑顔はそのままに視線だけ鋭いものに変える。

「魔族の壊滅《かいめつ》は神様の悲願《ひがん》だよ。神様をあまり待たせるのは失礼だと思わない？」

声のトーンを一段下げた彼の言葉からは異論を唱えさせない迫力が滲み出ていて、眼鏡の少年はそれ以上、何も言えなくなった。

幾《いく》ら自身の考えを示そうとも、わがままにも似た可愛らしい少年の言葉の前にはそれを押し通すことはできないと眼鏡の少年が感じた瞬間だった。

未だに自分を試すように鋭い視線を向けてくる可愛らしい少年に、眼鏡の少年は無言で頷く。

すると、可愛らしい少年はニパッといつもの無邪気な笑みへと変わった。

「分かってもらえて嬉しいよ。じゃ、早速戻って準備をしようよ」

取り巻きの女性三人を従えて踵を返す可愛らしい少年の後ろ姿を見ながら、眼鏡の少年は逃げ出した加藤智也の気持ちが少しだけ分かったような気がした。

# あとがき

この度は文庫版『超越者となったおっさんはマイペースに異世界を散策する4』を手に取っていただき、ありがとうございます。

第四巻は、主人公のヒイロ達がやっと王都に到着し、そして王様や王太子達の登場――。という内容だったのですが、やってしまいました……。一冊で収まりきりませんでした。

執筆前は、この一冊で王都の問題は解決させるつもりだったのです。ところが、初登場の王族や貴族達が裏で色々やってくれちゃった結果、一冊では纏まらずという状況に。相変わらず、ページ計算が苦手です。

ヒイロ達の暴れる姿が好きだという読者の方、誠に申し訳ありません、次巻では思いっきり大胆《だいたん》に暴れてくれていますので、ご容赦《ようしゃ》ください。

さて、過去を反省するのはこのくらいにして、今回は王族や貴族達の性格をどうするか、結構悩んだことを覚えています。

あまりに陰湿《いんしつ》なキャラにするのも考えものですが、仮にも一国の政治を担《にな》う人々です。

彼らが全く裏表のない性格だというのはリアリティーがない。そこで、読み手にとっても気に障《さわ》らない程度に腹黒い、そんな感じのキャラクターを目指しました。そんな中で一《ひと》際《きわ》、腹黒さを強めにしたキャラクターがスミテリアです。

このスミテリア、名前がギリギリまで思いつかず、土壇場《どたんば》でミステリアスをもじって命名したのですが、ここでとんでもない支障《ししょう》が発生しました。実はなんと、宮廷魔術師のテスネスト、最初はテステリアと名付けていたのです。

これでは、あまりにも名前が似通《にかよ》っています。

この問題にハッと気付き、慌ててテスネストに名前を変更しました。

私はどうやら、名前を付けるのも苦手なようです……。自覚してましたけど。

というわけで、意図せずに王都編の前編となってしまった四巻ですが、楽しくお読みいただければ嬉しいです。

それでは、次巻も手に取っていただくことを願い、そろそろお暇《いとま》させていただきます。

二〇二一年五月　神尾優

大好評発売中！
累計600万部（電子含む）突破！
ゲート SEASON1
大好評発売中！
コミックス
最新18巻
大好評発売中！
単行本
文庫
漫画
漫画：竿尾悟
●本編1～5／外伝1～4／外伝+
●各定価：1870円（10%税込）
●本編1～5〈各上・下〉／
外伝1～4〈各上・下〉／外伝+〈上・下〉
●各定価：660円（10%税込）
●1～18（以下、続刊）
●各定価：770円（10%税込）
スピンオフコミックスもチェック!!
ゲート featuring The Starry Heavens
原作：柳内たくみ
漫画：阿倍野ちゃこ
1～2
ゲート 帝国の薔薇騎士団 ピニャ・コ・ラーダ14歳
原作：柳内たくみ
漫画：志連ユキ枝
1～2
めい☆コン
原案：柳内たくみ
漫画：智
●各定価：748円（10%税込）

大ヒット
異世界×自衛隊
ファンタジー！
ゲート
自衛隊
彼の海にて、
斯く戦えり
GATE
SEASON 2
1〜5
柳内たくみ
Yanai Takumi
著
1〜5巻
好評発売中！
文庫1〜2巻
（各上・下）
大好評発売中！
ゲート
SEASON 2
1.抜錨編
GATE
自衛隊 彼の海にて、斯く戦えり
柳内たくみ
舞台は異世界の海！ゲート海自編、ついに開幕！
海上自衛隊VS
異世界海賊＆海軍！
累計420万部！ 超スケールの自衛隊×異世界ファンタジー！
『ゲート』シリーズ累計
ついに
500万部
突破！
●各定価：1870円（10％税込）
●Illustration：Daisuke Izuka
●各定価：660円（10％税込）
●Illustration：黒獅子

ネットで人気爆発作品が続々文庫化!

ALPHAPOLIS

## アルファライト文庫 大好評発売中!!

鑑定で仲間の潜在能力を覚醒させ、
亜空間倉庫で敵を両断…!?
サポートスキルも
なぜか使い方次第で強力に!!

鑑定や亜空間倉庫がチートと言われてるけど、それだけで異世界は生きていけるのか 1〜3

1〜3巻 好評発売中!

---

はがき HAGAKI illustration TYONE

---

### 規格外な二つのスキルを駆使して 目指せ! 安定安心の異世界生活!

ある日突然、目が覚めたら異世界にいた青年、ヨシト=サカザキ。彼は、異世界に来ると同時に二つのスキルを得ていた。それは、『鑑定』と『亜空間倉庫』。残念ながら二つとも戦闘に使えそうなスキルではないため、ヨシトは魔物を狩る冒険者ではなく、荷物持ちのポーターとして生きていくことにしたのだが——。ネットで大人気の異世界最強サポートファンタジー、待望の文庫化!

---

文庫判 各定価:671円(10%税込)

欠陥品の文殊使いは最強の希少職でした。
1
登龍乃月
我美蘭
紅色の文殊が異能スキルを呼び覚ます！
累計4万部！
ネットで大人気！
心優しい少年×モフモフ黒魔獣
王都の闇から王女を守り抜け！
アルファライト文庫
人生大逆転の魔法バトルファンタジー！

アルファライト文庫

この作品に対する皆様のご意見・ご感想をお待ちしております。

おハガキ・お手紙は以下の宛先にお送りください。

【宛先】

〒150-6008 東京都渋谷区恵比寿4-20-3 恵比寿ガーデンプレイスタワー 8F
（株）アルファポリス　書籍感想係

メールフォームでのご意見・ご感想は右のＱＲコードから、
あるいは以下のワードで検索をかけてください。

アルファポリス　書籍の感想　検索

ご感想はこちらから

本書は、2019年1月当社より単行本として
刊行されたものを文庫化したものです。

# 超越者《ちょうえつしゃ》となったおっさんはマイペースに異世界《いせかい》を散策《さんさく》する4

神尾優（かみお　ゆう）

2021年 5月 31日初版発行

文庫編集－中野大樹／宮田可南子
編集長－太田鉄平
発行者－梶本雄介
発行所－株式会社アルファポリス
〒150-6008東京都渋谷区恵比寿4-20-3恵比寿ガーデンプレイスタワー8F
TEL 03-6277-1601（営業） 03-6277-1602（編集）
URL https://www.alphapolis.co.jp/
発売元－株式会社星雲社（共同出版社・流通責任出版社）
〒112-0005東京都文京区水道1-3-30
TEL 03-3868-3275
装丁・本文イラスト－ユウナラ
文庫デザイン―AFTERGLOW
（レーベルフォーマットデザイン－ansyyqdesign）
印刷－中央精版印刷株式会社

価格はカバーに表示されてあります。

落丁乱丁の場合はアルファポリスまでご連絡ください。

送料は小社負担でお取り替えします。


ISBN978-4-434-28862-3 C0193